光文社文庫

東京近江寮食堂

渡辺淳子

KOBUNSHA

光 文 社

目次

1

日差しは穏やかなのに、東京は十月と思えぬほど暑い。

妙子《たえこ》はレモンイエローのカーディガンを脱ぎ、黒いナイロン製のショルダーバッグの中に押しこんだ。代わりにペットボトルをとり出し、お茶を飲む。

先ほど郵便局でもらった文京区の地図に目を凝らした。

本駒込《ほんこまごめ》　千駄木《せんだぎ》　根津《ねづ》　白山《はくさん》　向丘《むこうがおか》　弥生《やよい》　西片《にしかた》　本郷《ほんごう》　湯島《ゆしま》

局員に赤鉛筆で囲んでもらった地名は、都会の香りがする。

「こうやって見たら、狭いとこに集まってる気ぃするけど」

地図を頼りに知らない街を歩くのは、ボケ防止になるらしい。だが、もっと楽しい旅行で試みたいものである。

郵便局を出てから、中肉中背の中年男の顔ばかり見て歩いている。とても疲れる。まったく合理的でない方法だ。

本郷通りを右折して言問《こととい》通りに入った。人通りは少なく、緩《ゆる》やかな下り坂になっている。両脇に建つ施設はまた東大のものだ。ずっと東大関連の建物ばかりが並んでいる。文京《ぶんきょう》区弥生。大学は中退したくせに、あの人は日本の最高学府に興味があったのだろうか。

大きな十字路に出た。交差している道路は不忍《しのばず》通りだ。住居表示が根津になった。つまり目的地に足を踏み入れているのだ。

時刻は午後三時半を過ぎていた。

「腹が減っては戦はできん」

藍染《あいぞめ》ののれんが目についた。

関東といえばそばだろう。「新そば」と印刷されたポスターが戸に貼ってある。そういえば東京駅の立ち食いそば屋のトッピングに、コロッケがあってびっくりした。あれは地元では見かけない。

古ぼけた引き戸を開けた。ひと呼吸おいて、おじいさんが奥から現れた。平日のテーブル席だけの小さな店に客はいない。

店主らしき老人は無言であごをしゃくる。妙子は店の真ん中付近に壁を背にして陣どった。

「もりそば」

壁に貼られたメニューを流し見、まずはお手並み拝見と、基本の品を注文する。そば茶を湯呑《ゆのみ》に入れて運んで来た店主は、「はい」と小さく返事をし、奥に消えた。

おもてとはうって変わり、店内はひんやりした空気に満たされている。妙子は肩の力を抜き、ぬるめのそば茶を一気に飲んだ。

昨夜はほとんど眠れなかった。朝になり、つるやのサラダパンにはさまれた、マヨネーズまみれのたくあんをコリコリ噛《か》んでいるうちに、東京に行くことが不安になってきた。先週から食料品の買い物をひかえ、出かける準備は万全だったのに。

とりあえず判断を保留し、退職金有効活用情報パンフの不明な点を確認しに、原付で銀行に行った。通帳記入を終え、年金事務所に裁定請求書も提出した。いずれも朝一番とあって待ち時間もほとんどなく、十時半に用は全て片づいてしまった。

その時点で休暇はまだ三十一日と六時間あった。定年退職前の年休消化だ。今まで散々働かされたので、長年の功労賞をくれてもいいのではと直談判し、しぶしぶ了承させたのだ。

十一月八日の定年退職日のあとは再雇用が内定している。その前に心の引っかかりをとってしまいたいという目論見《もくろみ》が妙子にはあった。

テーブルの上のおにぎりをバッグに入れ、玄関先に置いていたスーツケースをそのまま引っぱり、京都駅に出た。上りののぞみの自由席は混雑していたが、ひとりだったのでなんとか座れた。

東京駅で大型のコインロッカーを探して荷物を預けたこと。右往左往しながら地下鉄の切符を買ったこと。本郷三丁目駅で下車してから道に迷ったこと。そして本郷郵便局で文京区の地図を手に入れるまでの行動を頭の中で反芻《はんすう》する。

「お待ちどおさま」

店主が膳を運んできた。

一枚の量は驚くほど少ないが、なかなかおいしそうな更科《さらしな》そばだ。噂にたがわぬ色の濃いつけ汁には目を見はったが、唾液が一気に口中に流れ出る。

盛りつけられた細いそばを割り箸で手繰《たぐ》り、最初はそばだけをいただいた。適度に冷えた麺が上あごに触れ、そばの香りがした。キリっと立った麺の角《かど》が舌に心地よい。江戸っ子はこのままのどで食すそうだが、関西人である妙子はまねできない。

つけ汁を口に含んだ。

「酸《す》いな」

醤油《しようゆ》に水を混ぜたのかと思った。

いやいや関東では普通のつけ汁なのだ。本枯節《ほんかれぶし》を長時間煮てだしをとり、かえし（濃口《こいくち》醤油とみりんと砂糖を煮たたれ）を合わせた辛汁《からじる》だ。冷たいそばに絡ませる辛汁は、コクとキレが肝心なので、濃口醤油の割合が多い。醤油に含まれる乳酸でキレを、苦味アミノ酸でコクを出すからだ。酸味を先に感じたのは、ここのつけ汁は砂糖の含有量が少ないからだろう。

「そばはおいしいけど、おつゆがな。だしは日本料理の魂。やっぱり関西風の方がええわ」

一般に「関西のつゆはだしが利いている」と言われるが、実は違う。うまみ成分自体は関東のつゆの方が多いのだ。関西風のつゆは薄口《うすくち》醤油と塩で塩味をつけるため、だしの香りが立ちやすく、うまみが多いと勘違いしてしまうだけ。だしを味わうには香りが大切だと、あの人は常々言っていた。

「はい、おかわりですか？」

妙子のひとり言に、呼ばれたと勘違いした店主が、奥から出て来た。

「おかわりの催促？」

「二枚目をほしいのかと……」

気色《けしき》ばんだ客に、店主は慌ててつけ加える。

「うちのは二枚で一人前だから」

太っているから、よく食うだろうと思われたのではなかった。

妙子は身長一五十センチ、体重七十キロである。病院の女子トイレで用具の洗浄作業をしている際、口の悪い患者に「あんたがおったら、私の入る場所がない」と言われたこともあるほどだ。

体重は気になる。が、そばはうまいし腹は減っている。

「ではもう一枚お願いします」

ほっとした顔で店主は奥へと引っこんだ。

メニューをよく見ると、「そばのおかわり二枚目まで無料」とあった。なんのことはない、そばが伸びないようにという配慮だった。

二枚目のそばを平らげ、さらに四枚までおかわりし、湯桶《ゆとう》に満杯のそば湯を飲み干すと、身体《からだ》に力が戻ってきた。

「ごっそさん」

大きな声が出たのは、栄養補給したことのみならず、東京の食べ物が身体に入ったことで、都会に慣れた気になったからだ。「人」の字を指で手のひらに書き、飲みこむことに近いかもしれない。

そば屋を出て今度はガイドブックを見る。このあたりは谷中《やなか》、根津、千駄木の頭文字をとり〈谷根千《やねせん》〉と称する下町で、散策するのに有名なエリアらしい。

不忍通りと並走する路地を千駄木方向に向かって歩き出す。大通りより路地裏が味わい深いとあったからだ。

額に汗が浮かばなくなってきた。白い猫がにゃあおと鳴き、目の前を横切った。東京にもこんなところが。妙子は頬を緩めた。

ある家の前には、玄関先を覆いつくすように植木鉢が置かれている。咲き誇る花もあれば、枯れ果てた木も混じっている。窓には橙色《だいだいいろ》と黒で作られた〈HALLOWEEN〉の文字が、かぼちゃのイラストの切り抜きとともに貼りつけてある。幼い子供がやったのか、ところどころゆがんだ飾りが微笑《ほほえ》ましい。

ガラスの内側一面に苔《こけ》が貼りついた小さな水槽が置かれていた。赤い金魚がかすかに見える。

白い丸首シャツに、くたびれた灰色のズボンをはいた老人が歩いていた。後ろ手にして、どこへ行くともなさそうだ。

東京の人はさぞかしおしゃれだろうと思っていたが、そうでもない。妙子の緊張はまた緩む。

夕方五時を過ぎ、あたりはすっかり暗くなった。人通りも少なくなったし、通行者の顔の見分けもつきづらい。もうこんなところをうろついても仕方ないだろう。

やがて裏通りは行き止まり、不忍通りに出ざるを得なくなった。

「買い物行こ」

このあたりは台東《たいとう》区上野《うえの》に隣接している。上野といえばアメ横だ。日本で一番有名な商店街を、一度のぞいてみたいと妙子は思っていた。

ところで、上野までの行き方がわからない。少し先に千駄木駅があるようだが、使えるのか。ガイドブックにはクモの巣がこんがらがったような地下鉄の路線図が掲載されているが、目がチカチカしてよくわからない。

「すんません」

背の高い男性に声をかけた。

「アメ横に行きたいんですけど、どうやったら行けますか？」

初老の男性は穏やかな笑みとともに答えた。

「それならバスで行った方がいい。この先にバス停があるから、上58と書かれたバスに乗ってください。今なら十分もかからんのと違うかな。終点の上野松坂屋《まつざかや》前で降りて、高架の線路に向かって歩けばすぐです」

男性の言葉じりには関西なまりがあった。親近感がわく。

「ご親切に、ありがとうございました」

「お安いご用ですよ。アメ横か。懐かしい。僕たちの思い出の場所だ。気をつけて。僕の分まで存分に楽しんで来てください」

……大げさではないだろうか。ここから近いのだから、行きたければ行けばいいのに。感じはいいが変わった人だ。妙子はお礼もそこそこに、バス停へ向かう。

背の高いビルにはさまれた東京の道路は、京都や大阪の街中と一見同じなのに、どこかが違う。においでもなし、色でもなし。それとも箱根《はこね》の山を越えた気分がそう思わせるのか。

しかし、なんぞ言うと、東京を大阪や京都と比べたがるところに、滋賀県人のアイデンティティのなさが透けている。真正面から比較すると太刀《たち》打ちできないので、隣の虎の威《い》を借りてしまう。滋賀県人の悲しい性《さが》だろう。

お目当てのバスが到着した。

中程にあるドアから乗りこもうとすると、「前からお乗りくださいー」と、運転手にマイクで告げられた。妙子は慌てて前方ドアに回る。運賃は先払いだ。焦《あせ》ってバッグの中をかき回した。ペットボトルやカーディガン、おにぎりをよけ、ふたつ折りの古ぼけた赤い財布を引っぱり出して、などとしているうちにバスは動き出した。よろけながら小銭を運賃箱に入れ、一番前の座席の肩にあるとっ手にしがみついた。わりに乗客はいるが、立つほどではない。ポールにつかまりながら後方まで移動する。着席し、中身がぐちゃぐちゃになったバッグに財布を押しこみ、ガイドブックを開いた。本当に上野駅に行かなくていいのだろうか。だが変な紳士の言った通り、上野松坂屋のはす向かいがアメ横商店街の入口だった。

上野松坂屋周辺はさっきまでいた文京区と違い、大きな繁華街だった。大通りから一本路地へ入ると、いかがわしさも垣間《かいま》見える。

妙子は残り少ないお茶をひと息で飲み、もう一本なにか飲んでから、買い物をすることにした。

商店街を少し進むと、〈オール100円〉と表示された自販機があった。その前に立ったときだ。

視線を感じた。

そちらを確かめる。

十メートルほど向こうから、同世代かと思われる男性がこちらを見ていた。浅黒い顔に、濃紺のジャンパーと黒いズボンを身に着けている。髪は短いとも長いとも言えず、なんとも冴えないずんぐりした姿は、陽《ひ》のあたる場所で堂々と生活している人には思えない。

男は直立したまま動かない。

なぜ自分を見ているのか。東京に知り合いはいないのに。

妙子は男を目の端でとらえながら、バッグの中の財布を探した。

集中できないせいか、すぐに見つからない。

カーディガンを引っぱり出し、股間にはさむ。いくらか空間ができた内部を探るが、財布は見つからない。

その場にしゃがんで、おにぎりとハンカチ、ティッシュとハンドタオル、黄色い小物入れも出して膝《ひざ》の上に置いた。バッグの内ポケットに入れた携帯電話とコインロッカーのキー、手帳、はがきはあるが、財布は見えない。念のため、小物入れの中も探ったが、ハンドクリームや薬用リップがごろごろしているだけだ。そもそも小物入れに財布の入る余地などないが、探らずにはいられない。

下半身がざわっとした。カッと身体が熱くなる。

財布を落としたのだ。

出したものを慌ただしく中に戻して顔を上げた。さっきの男はふり返りながら立ち去ろうとしていた。

スリ？

いや、人ごみは歩いたが、そんな感じはしなかった。

バッグは肩から斜めにかけて腹に密着させていたし、バッグのファスナーも閉まっていた。バスの運賃は払えたから、財布を落としたのはそのあとだ。ガイドブックをバッグにしまったのは、バスを降りて道順を確認してから。

そう言えば、膨《ふく》らみ過ぎたバッグのファスナーを、よそ見をしながら開けた気がする。落としたのはそのときか。

一生の不覚だ。

少々暑くても、カーディガンを着ればよかった。そうすれば中に余裕ができて、他のものに引っかかる事態にならずにすんだのに。いや、ファスナーなど開けず、バッグの外ポケットにガイドブックを納めればよかった。瞬時に頭を駆けぬける後悔に、初めて冷えた二の腕に気づく。

男は去って行く。

財布には運転免許証が入っている。写真は去年撮ったものだ。もしかしたらあの男は、私の財布を拾ったものの、免許証と同じ顔を見つけ、つい凝視してしまったのではないか。脇目もふらず、妙子は男に近づいた。

妙子の勢いに気づいた男は歩みを速める。そして逃げるように駆け出した。

あんた、やっぱり私の財布を――。

妙子はカーディガンを握りしめ、男を追いかけた。

ごみごみした商店街を、人にぶつかりそうになりながら、初老の男女が駆けて行く。道行く人々はなにごとかとふり返る。「ドロボー！」と叫べば、男を捕まえてくれる人も出てくるかもしれない。けれど妙子は声が出なかった。

勝手知ったる道とばかりに、赤ちょうちんや焼き肉店の角を、男は器用に曲がって行く。息があがる。

病院でマットレスやレントゲン写真の束を運ぶ体力勝負の作業員をしているが、走ることには慣れていない。というより、今日は一日中歩き回って疲れている。そして運動習慣のない五十九歳女子の脚力は、男にまかれてしまうには十分過ぎるほど衰《おとろ》えている。

何分くらい走ったのだろう。

妙子の脚はもつれながら止まった。完全に男を見失った。心臓が締めつけられるように苦しい。呼吸する度に、のどの粘膜が貼りつきそうだ。

向こうに高速道路の橋げたが見えた。暗い色のビルに囲まれた陰気なところだ。背の低い壊れたレンガの塀に腰をおろして、妙子は途方に暮れた。

いったいここは、どこなのだろう――。


何度も何度も道をたずね、ようやく松坂屋前のバスの停留所に戻った妙子は、財布が落ちていないか周辺を探してみた。

見つけられないままに、呆然《ぼうぜん》と中央通りを北へ進む。「どうしよう」という言葉しか浮かばない。

上野公園の前に交番が見え、すがるように駆けこんだ。

キャッシュカードを止めろと言われ、慌てて電話帳を借りた。

しかしここは東京である。地銀である滋賀銀行の緊急連絡先は、当然ながら掲載されていない。警察官に言われるまで一〇四を思い出せなかった妙子は、動揺のあまり恥ずかしいとも思わない。

しばらくののち、無事に銀行口座取引停止の手続きを終えた妙子は、そのまま遺失届出書と自動車運転免許証遺失届出書に記載した。

〈現金〉一万円札五枚。千円札二枚。十円玉二〜三枚。五円玉一〜二枚。一円玉四〜五枚。

〈物品種類〉財布。

〈特徴等〉革製のふたつ折り。赤色。少々古い。

〈物品種類 続き〉滋賀銀行とゆうちょ銀行のキャッシュカード。スーパー平和堂のHOPカード。他いろんな店のポイントカード五〜六枚（一度しか行ってないので店の名前は憶《おぼ》えていない）。歯科医院の診察券。レシート数枚。小さな陶器の蛙《かえる》（無事に帰るためのお守り）。ぴかぴかの五円玉↑金のリボンが結んである（銭洗弁天で洗い済み）。


財布に入れていたものを懸命に思い出し、リボンの付いた五円玉は現金に含めろと言われながら、妙子はあの男の風体を警官に説明した。けれど「その人が盗《と》ったという証拠はありませんよね」と一蹴《いっしゅう》された。警官は「財布が見つかる可能性は、なんとも言えません」と、さらにボディ・ブローをあびせる。そして「五万円は授業料だと思った方が楽になる」などと、無責任なことも口にした。

今夜は予約していた東京駅近くのビジネスホテルに泊まるつもりだったが、前払い制だから難しいかもしれない。警官に事情を話すと、少しなら現金を貸せると言う。

「まだ新幹線は動いています。JRは到着駅払いを認めてくれるかもしれません。とりあえず駅で相談してはいかがです？」

クラクラする頭を懸命に支えて、五百円を借りた。

頼れる友人はいない。身内は滋賀に住む姉しかいない。

確かに京都駅まで行けば、頭を下げるのは避けたいけれど、姉に車で迎えに来てもらえるかもしれない。しかし、東京までなにをしに行ったと問われるに決まっている。

借りた金を前に、妙子は姉への言い訳を必死で考えた。すると警官は、落ちこみが激しいと思ったか、「親切な人が拾ってくれることもありますから」と、急に慰《なぐさ》めに転じた。

そうですよね、根津には田舎にやはるようなおじいさんも歩いてはったし、そば屋の主人もおかわりを勧めてくれました。ちょっと変わってたけれど、関西出身らしき人も道をおしえてくれましたしと、妙子はようやく重い腰をあげた。

「財布がなくなった！」

そこへ背広姿の男が、交番に駆けこんできた。警官は落ち着きはらい、今まで妙子の座っていた椅子を男に勧め、「今日も多いなあ」と、ひとりごちながら奥へ書類をとりに行った。

2

時刻は午後八時になろうとしていた。

すぐ東京駅に向かうはずが、やっぱり諦められない。ビルの群れに見おろされながら、「もしかしたらその辺に落ちてたりして」と、目を皿のようにして夜の歩道を蛇行した。昼間は男の顔を見て、夜は道に落ちているものを見て、東京に来てからずっと探してばかりいる。

不意に涙がにじんできた。

大都会の真ん中で大切なものをなくした情けなさと絶望感が妙子を襲う。

あの財布をわざわざ持ち出すのではなかった。還暦前の一大決心が、こんなことになるなんて。

十年間ひとりでがんばってきた。姉にあきれられながら、近所の人や同僚に嘘をつきながらも、懸命に生きてきた。両親の世話も、それぞれ自分ひとりで行い、看《み》とったのだ。姉は婚家の家族の世話で大変だと、口は出したが手は出さなかった。なのにこんな目に遭うなんて。この世は神も仏もない。

「私、もう終わりやろか」

長く踏みづらの広い階段が見えた。のぼった先は上野公園だ。一段一段、人々が微妙な距離を保って腰かけている。カップルもいれば、スマホをいじるサラリーマン風、自由そうな外国人もいる。

妙子も空《あ》いた場所を見つけて腰をおろした。

目の前の通りをたくさんの自動車が通り過ぎて行く。きらびやかなネオンがまぶしい。ここに座っている人たちは、なにを考えているのだろう。やっぱり自分と同じように、将来に不安があるのかもしれない。財布を落とした人はいないだろうが。

もう滋賀に帰りたい。けれどこのまま帰っては、なんのために東京に来たのかわからない。大事な財布と五万二千円を、見ず知らずの他人にくれてやるためになってしまう。

今滋賀に帰っても意味はない。冷蔵庫にはなにもない。家に現金は置かない主義だし、姉に借金を頼むのはごめんだ。

手帳の裏表紙を開いて、こいつのためにこんな目に遭ったのだと、八月以来再び見るようになった写真をにらみつけた。

腕にさぶいぼが立っていた。冷たい秋風が吹いている。

バッグからカーディガンを引っぱり出した。すると一緒に、朝にぎった梅干しと鰹節《かつおぶし》のおにぎりも転がり出た。

ラップフィルムの下の海苔《のり》が光った。ずしりと重いかたまりを手のひらに感じる。とたんに妙子の胸に灯《あか》りがともった。

ニッポン人にはこれがある。三角形は崩壊し、凸凹の飯のかたまりになってしまったけれど。

妙子は手製のおにぎりをひと口かじった。

ふやけた海苔のにおいがする。冷めた飯粒は近江米《おうみまい》。噛めば噛むほど甘くなる。おにぎりの中には具が二種類入っている。自家製のショッキングピンクの梅干しは酸味が強く、疲れた身体に心地いい。しっとりと醤油のしみた鰹節からは、いい具合にうまみがにじみ出ている。

なんておいしいおにぎりだろう。

妙子はひと口ひと口、噛みしめるように食べた。一気に食べるのはもったいなかった。もごもごと口を動かしていると、力がわいてきた。やはり銀シャリは頼りになる。

シャリ、つまり舎利とは火葬された仏や聖人、特にお釈迦《しゃか》さまの骨のことである。いわゆる仏舎利塔《ぶっしゃりとう》に奉納されているお釈迦さまの遺骨は、細かく砕かれたりした灰燼《かいじん》だ。その遺骨の形が飯粒に似ていることが、銀舎利と言われる所以《ゆえん》らしい。お釈迦さまの骨を食べ物にたとえるなど不謹慎だと感じていたが、愛しい人の遺骨を嚙むことは、昔からよく耳にする。妙子もかつて母親の骨をなでているうち、つい唇をつけてしまいそうになった。わだかまりを消せないうちに逝ってしまった母だったが、親子の情とはそんなものなのだろう。

お骨を身体の中に入れることで、残された者の生きる力になる。舎利を日本人の主食にたとえたのは、そんな想いがこめられている気がした。

最後の飯のかたまりを飲み下した妙子は、鼻から大きく息を吸った。腕に食いこんだ細い黒革ベルトの腕時計は、八時二十五分を示している。京都駅に停車する新幹線の最終発車時刻は九時二十分。

こうしてはいられない。いざ東京駅だ。

脚を踏ん張り立ち上がった。

と、バッグの中の携帯電話が鳴っているのに気がついた。

こんな時間に誰だ。もしかして財布が見つかったと、さっきの交番から？

「はい！　寺島《てらしま》です！」

「ああー寺島さん？」

警官ではない。どこかで聞いたことのあるおじいさんの声。

「打出《うちで》ですけどね」

「は？　打出？　打出先生？」

「そう、打出先生です」

「どうしたんです？　先生。こんな時間に」

妙子の地元でもう何十年もやっている打出歯科医院は、建物も古ければ院長も古い。近年は最新のコンピューター機器が完備されたデンタル・クリニックにおされ、院内は閑古《かんこ》鳥《どり》が鳴いている。しかし妙子は、変わらずそこへ通う羽目になっていた。

「寺島さん、お仲間とのご旅行はいかがです？」

「え？　あ、楽しいです」

先生には財布の紛失など余計なことを知られたくない。あることないこと、おもしろおかしく近所に吹聴するからだ。

「うちの予約をキャンセルしてまで行ったんや。そら楽しいやろ」

いつものごとく、先生は嫌味ったらしい。

「また電話しますて言《ゆ》うたでしょ？　歯石とるのは急がんでええって。先生、わざわざ次の予約の催促ですか？」

ＡＬＷＡＹＳ診察可能なくせに予約をさせるのは、流行《はや》っていると見せたいのと、患者に逃げられないためである。

「違《ちゃ》うがな。あのな、あんた、財布落としたんか？」

「なんで知ってはんの⁉」

「ほんまに落としたんかいな。先生はまた、うちのクランケに怪しい勧誘しとる詐欺師《さぎし》かと思たで。そら一大事や。そやのに東京見物は楽しいて、大したお人や、寺島さんは。あのね、東京の人から電話かかってきましたで。寺島妙子さんの財布拾たし連絡先教えろて、お宅の患者さんでしょ言うて、電話かかってきましたがな」

なんとまあ。思いもよらぬ展開に、妙子の声はつまってしまう。

「赤いボロボロのふたつ折りの革財布ということやが、ほんまか？」

「そうそう、それです！　ほんまに拾てくれはったんや！」

妙子は周囲もはばからず大声になった。

「入ってたのは銀行のキャッシュカードが二枚と……」

「そうそう、それそれ！　神さまおおきに、ありがとう！　ほんで先生、ちゃんと私の携帯の番号言うてくれた？」

「アホなこと言いな。個人情報を簡単にもらしますかいな。財布落としたのが、ほんまかどうかもわからんのに。そんな風になんにでもホイホイとびついたらいかん。人を見たら泥棒と思え。あんたみたいのが、振り込め詐欺に引っかかるんや」

「私には子供も孫もいませんから、引っかかりようがありません」

「言葉のアヤやがな。そんな可愛げのないことばっかり言うてるから、友だちがおらんのや。愛想よう話を合わせんと」

「先生と話を合わせてたら、一年中歯ぁいじくられる」

「ともかく先生はこう言うた。こっちから本人に連絡する。確認できたら本人から電話させる。そっちの番号をおしえなさいとな。これで財布紛失は真実とわかったわけや。寺島さん、今から言う番号にかけなさい。その神さまがあんたの財布を保管してくれとる」

普段はくだらないゴシップに興じる先生も、いざとなったらさすがの対応だ。これが歯科医院の経営に生かされれば言うことないのだが。

妙子はその場に座り直し、鈴木安江《すずきやすえ》という女性の名前と、03から始まる電話番号を手帳に書きつけた。

「おおきに。おおきに。先生、ほんまにありがとうございます」

神も仏もあるものかと、やさぐれたおのれを妙子は恥じた。携帯電話を耳に当て、お辞儀を何度も繰り返す。

「すぐ電話したろと思たんやけど、先生も忙しいからね。クランケを置き去りにして、電話にかまけるわけにもいかん。だから診療が終わるのを待って連絡した。そういうわけです」

「終わるのを待ってて、いつ、この人から電話があったんですか？」

「んー、六時ごろやったかなあ」

「このクソ歯医者！　すぐ連絡せい！」と言いたいところを、妙子はぐっとこらえた。八時の閉院時間まで、どうせヒマだったろうに。その間こっちは、交番に届けたりやらなんやらで、右往左往させられた。おおかた受付カウンターから待合室のテレビを観《み》ているうちに、忘れてしまったに違いない。しかしながら、連絡の中継役を担ってもらった手前、文句は言わないことにした。

「忙しいとこ、わざわざ連絡してもうて、ありがとうございました」

「なあに、これも人助けのうち。先生は困ってる人を放っておけない性分やから。では寺島さん。鈴木さんにすぐに連絡しなさいよ」

打出先生は上機嫌で電話を切った。

妙子は気をとり直し、鈴木安江宅に電話をかけた。呼び出し音は、途中から電子音の種類が切り替わったのち、「はい、おうみりょう」と、不愛想な男性の声で応答された。

「あ、鈴木さんのお宅では……ないですか？」

「財布落とした人？」

この人は鈴木さんの家族だろうか。どうも関西弁のようだけれど。それとも鈴木さんは西の人間なのか。

「はい、そうです。寺島妙子です。あの、財布を……」

「安江さん、待ちきれん言うて、風呂に入ってもた」

男はめんどくさそうに告げた。

「すんません、今電話もろたとこなんです。あの……ええと、どうしましょう？」

「どうしましょうって、財布いらんの？　おたく、とりに来たいんちゃうの？」

鈴木安江でない人が電話に出て、事態の説明がないから質問したのに、ぞんざいな男だ。

「とりに行きたいから電話しました。あんたが拾てくれたの？」

妙子は憮然《ぶぜん》と言い返す。

「違うがな。安江さんが不忍池《しのばずのいけ》の遊歩道で拾たんや。池の縁に引っかかってたんやて。傍《そば》でやってた陶器市を見に行ってたから」

「池の縁？　そんなとこに」

妙子は不忍池などに行っていない。誰かが財布をそこまで運んだとしか思えない。

「ここ千駄木やけど、わかる？　文京区千駄木。千駄ヶ谷《せんだがや》と違うで。田舎の人にはわからんかな」

嫌なヤツだ。

「千駄木は昼間行きました。そこからバスで上野まで来たんです。今まだ、上野にいるんです」

「……あっそ。じゃあ戻って。ほんで〈団子坂下《だんござかした》〉ちゅうとこで降りてんか。そろそろ安江さんも風呂からあがる。来たら、バス停まで迎えに行くて言うてたから」

たまたま土地勘を示した妙子に、男はがっかりしたようだった。

「なんじゃこいつ」

あと味悪く電話を切った。

もう歩きなれてしまったバス停まで、疲れた脚を引きずった。気づけば通りの人影はまばらだ。都会の人もさすがに家路につく時間らしい。

財布は見つかった。けれど中身は……。来《きた》る東京オリンピック・パラリンピックの招致プレゼンでは、落とした財布は必ず戻るとアピールしていたけれど、中身もそうだとは言ってなかった。

「ごめんなさぁい、お待たせしちゃって。お風呂のあと、うちに戻ったら、おばあちゃんが訳のわかんないこと言い出しちゃって。あ、おばあちゃんっていうのは姑《しゅうとめ》のことなんだけど、もうこれが、まだらボケもいいとこでねぇ。はい、これ」

　警察で借りた小銭で、ガラガラのバスに揺られ、〈団子坂下〉に妙子が到着できたのは夜の九時半を回ったころだった。バス停から電話を入れたときは三分で行くと言ったくせに、三十分も経《た》ってから現れた鈴木安江は、自分と年はかわらないであろう、おっとりした感じのおばさんだった。

「ありがとうございました。ほんまに助かりました」

　それでも財布を目にすると、疲れは吹き飛ぶ。摩耗《まもう》した縁や、手垢《てあか》で黒ずんだ革のじめっとした感触が妙に懐かしい。

「このお礼は、必ずさせてもらいます」

　妙子は何度も何度も頭をさげた。

「やだぁ、お礼なんて。それより中身よ」

　拾ってくれた本人を前にして遠慮していたが、声をかけられ、やっと財布の各ポケットを確かめることができた。

「あたしが見つけた時には、それだけだったのよぉ」

　お札と小銭以外は全部残っていた。

「どこらへんで、落としたの？」

安江はしゃがれた声で、ゆっくりと話す人だ。

「たぶん、松坂屋の前でバス降りてから、アメ横の入口までくらいやと思うんですけど」

鈴木安江は、その年ではちょいとハデじゃないかと思われるショッキングピンクのスウエットの上下で、くびれのない体幹を包んでいる。ドライヤーのあとなにもしていないのだろう。つやのない茶色のソバージュヘアが同世代の老いを感じさせる。

「お札、結構入れてたの？　三千円までなら許せるけどねぇ」

旅行中の身で、所持金三千円ってこたぁないだろう。

「……二十万、入ってたんですけど」

「え!?　二十万!?　そりゃ、あなた、もう、ちょっと大変だ。こぉんなちっちゃい財布に？　財布が折り曲がらないじゃない。かばんから転がり落ちるのも無理ないわ。いくら旅行だからって無茶したわねえ」

安江はのけぞらんばかりに驚いている。

このリアクションに演技は入ってないと見た。札を盗ったのがこの人なら、「そんなに入ってなかったぞ」という不審な気配がどこかに現れるはずだ。打出先生にしっかりしろと諭《さと》され、妙子はつたないながらも、カマをかけてみたのだった。

「そうぉ。そりゃ災難だったわねぇ。いえね、交番に届けようか迷ったんだけど、あたし警察信用してないのよぉ。チョロまかす人もいるっていうじゃない。手続きも面倒だし、本人に直接電話したほうが早いやって。免許証で滋賀県の人だってわかったけど、電話番号が書いてないから、歯医者さんに電話したってわけ」

「ほんま、助かりました。ありがとうございました」

今度こそ心から感謝する。東京にもいい人はいるのだ。警戒心を解いた妙子に、安江は朗《ほが》らかに話し始めた。

「寺島さん、こんなことで東京を嫌にならないでね。何人で来てるの？　みなさん滋賀の人？　いいわねえ、同期の桜でわいわい楽しく。最近の言葉でほら、なんて言うの？　女子旅っていうのかしら？」

「は？」

「気ままに観光して、その日の気分で好きな所に泊まるなんて、若い人みたい。昔の仲間だからできるのよねえ。学校出てから病院のお手伝いさんしてたんでしょ？　歯医者さんは『あの人に友だちがいたとは』なんて言ってたけど、苦労をともにした時代の縁は一生続くのよねぇ」

妙子の額に㊋マークが浮かぶ。個人情報は漏らさんと言いながら、先生はペラペラとしゃべっているではないか。面倒だから昔の同僚と旅行だと嘘をついたが、経歴自体は事実である。

「申し遅れましたが、あたし、こんなの任されてるんです」

安江はおもむろに一枚の名刺を差し出した。

滋賀県公認宿泊施設
公益社団法人　若鮎会《わかあゆ》　東京近江寮
管理責任者　　鈴木安江

名刺に記載されているのはさっきかけた番号だ。住所を見る限り、寮はおそらくこの近所。となると、電話の男は滋賀県人か？

「滋賀の人は案外知らないみたい。大したサービスはできないけど、滋賀在住の方なら一泊二千円。県から補助金が出るの。よかったわね。他県民は四千五百円もするんだから。六畳一間で朝食つき。ご希望があれば、夕食は八百円でご提供いたします。共同だけどお風呂も広いし、トイレもウォシュレットつきよぉ」

知らなかった。そんな施設が東京にあったとは。

「今夜の宿はもう決まってるだろうけど、明日はまだでしょ？　是非近江寮をご利用ください な。ヤなこと言うようだけど、節約しなくちゃね。三人までならひとつの部屋で寝られるわよぉ」

安江は営業スマイルでまくしたてる。運転免許証の住所を見て、これは客になると踏んだのか。直接連絡をとった理由がわかった。

「ではひとつ、ご検討いただくってことで。お電話お待ちしております。お友だちはホテルで待ってるの？　近い？　お金は借りたんでしょ？　タクシーひろう？」

ハスキーボイスのおばさんは、そつなくお別れの会話を進めた。

「……鈴木さん」

釈然としないが、背に腹は代えられぬ。

「今晩、泊まれます？」

「あらぁ、早速その気になってくれた？　でもお友だちに相談しなくっていいの？」

「大丈夫です。私ひとりで東京に来てるから」

すがるような目の妙子に、「自分探しの旅？」と安江は一重瞼《ひとえまぶた》をパチパチさせる。

「そんなんと違う。私かて、ひとりで東京なんかに来とうなかった」

「……お友だちがいないっていうのは本当だったのね」

安江はなんとも気の毒そうに、「どうぞこちらです」と、手のひらで案内をし始めた。

くすんだベージュの天井が見える。

うぐいす色の薄いカーテンから差しこむ光で、ここは東京だと思い出す。夕べは荷物をコインロッカーに預けたまま、近江寮に泊まった。

白地に藍模様の、近江寮で借りたゆかたからのびる太い両腕を、妙子は布団に寝たまま、天井に向かって突き出した。枕元に置いた腕時計で朝五時半だと知り、身体を起こしてカーテンを開けた。

寮は二階と三階が客室らしい。ここは二階だ。隣の公園が窓からよく見える。窓枠に手をかけたが、分厚いサッシについたほこりは湿り、簡単には開いてくれない。やっとのことで窓をスライドさせると、ひんやりした空気が部屋にすべりこんできた。

枝をはった樹が公園のあちこちに植わっていた。公衆トイレらしき建物も見える。静けさと葉のざわめき、と言いたいところだが、早朝なのにどこからか響いてくる街中独特の喧騒《けんそう》が勝り、風情は半減する。

目を転じて室内を観察する。六畳間は陽光にアラがむき出しとなっていた。

壁紙はすすけ、破れ穴が八か所もある。畳も長らく交換していないようで、ささくれが目立つ。宿泊料が安いはずだ。

財布の中から光るリボンの付いた五円玉をとり出した。わざわざ出かけた銭洗弁天の効力のなさに嘆息する。ちっちゃな緑色の陶器の蛙を、指先でつまんでひとりごちた。

「帰ろ」

眠りが浅くて変な夢ばかり見た。

風呂は広くて意外に気持ちよかったが、安江の作った夕食は恐ろしくまずかった。遅い時間の急ごしらえなので黙って食べたが、ハムエッグは焦げていたし、生野菜のサラダは野菜くずを積み上げたような見かけだった。電子ジャーに残っていたごはんは黄ばみ、味噌汁はほとんど具のないインスタントだった。

もう少しで財布もなくすところだった。妙なことを考えたから、こんな目に遭ったのだ。もう滋賀に戻ろう。

妙子は部屋に設置されている小さな洗面台で顔を洗い、汗のにおいを気にしながら、昨日と同じ服に着替えた。

階段を降りて一階の食堂をのぞく。

南向きの明るい空間はしんと静まり返っている。奥の厨房に人のいる気配はない。安江は徒歩五分の自宅から、ここに通っているらしい。

靴ぬぎに信楽《しがらき》焼のたぬきが、でん、と鎮座している。妙子の背丈よりもずっと大きいやつだ。ずいぶん奮発したんだなと、たぬきの鼻の頭をなでておもてへ出た。

隣の公園には誰もいなかった。

いわゆる遊具のある公園でなく、真ん中にひょうたん池がある日本風庭園だ。奥は傾斜地で、段々畑のような階段状になっている。背の低い植物の間をぬい、遊歩道が蟻《あり》の巣状に広がっている。ケヤキや松など、そびえる樹のせいで日当たりは悪い。ベンチに座って見上げると、枝葉の間から白っぽい空が見えた。

「夏は涼しいかもしれんなあ」

なにか聞こえた。音のする方を注視する。公園の出入口に資源ゴミの回収コンテナが並んでいたから、誰かが空き缶かビンを持参したのかもしれない。

妙子は立ち上がり、お尻のほこりを払って出入口へと歩き出した。

回収コンテナの中の空き缶をつぶしては、ビニール袋に移している男がいた。たぶん路上で寝泊まりする類《たぐい》の人だ。傍らの簡易リヤカーのようなものには、もうひとつ空き缶の詰まった袋が載っている。

かがんだ男は黙々と空き缶をつぶしており、妙子が近づいても気づかない。

誰かに似ている。

額と同じ高さの鼻。長いとも短いともいえないぼさぼさの髪。ずんぐりした身体。濃紺のジャンパー——。

こいつは、こいつは昨日追いかけた男ではないか！

「あんた、私の財布、拾たやろ？」

男は至近距離にいた妙子にのけぞった。

「財布から五万二千円を抜いて、池の端《はた》に捨てたやろ？」

空き缶を入れていた袋を素早くリヤカーに載せ、男は逃げようとした。

「あんたが赤い財布、盗ったんやろ？」

妙子はとっさにかがんで、リヤカーの側面の鉄棒を両腕でつかんだ。前に進めなくなった男は、ちらちらと妙子の顔をうかがい、泣きそうな顔で首をふり続ける。

「ほな、なんで昨日、私の顔を見て逃げたん？　免許証の写真、見たから違うの？」

ガシャガシャと空き缶が音を立てる。首をふり続けていた男は、ただならぬ視線を妙子に向けた。

こいつじゃないのか？

腕の力が思わず緩む。男はうつむいて首をふり続けている。

妙子の手がリヤカーから離れた。その拍子に袋から空き缶がいくつか転げ落ちた。落ちた空き缶を袋に入れ直し、男はひと言つぶやいた。

「……おふくろにそっくりだったから」

「はあ？」

男はおずおずと懐から一枚の写真を取り出した。

その写真。

写っている人物に、妙子は思わず息をのんだ。

「あんた！　それは!?」

男は写真を懐に戻して歩き出す。妙子は男の腕をつかむ。

「その写真、どこで手に入れたん!?」

逃げようとする男に妙子は追いすがった。

聞きたいことが多すぎて言葉が出ない。袋の中の空き缶がまた鈍《にぶ》い音をたてた。

妙子は口をパクパクさせながら、震える手でバッグからはがきを一枚とり出し、男の目の前に突きつけた。

拝啓　ごぶさたしてます　元気ですか

文字通り、青い空にかもめが飛んでいるイラストの描かれたかもめーるには、そんな言葉が添えられていた。

この暑中見舞いが妙子のもとに届いたのは今年の八月五日だ。住所こそ書かれていなかったが、差出人は寺島秀一《しゅういち》。妙子の夫である。

なんとも言えないくせ字は、ところどころが跳ね上がり、電車かなにか、乗り物の中で書いたように見える。「ごぶさた」などと人を食ったメッセージもあの人らしい。

突然妙子の前から姿を消し、どこにいるのかわからなかった夫が連絡をよこしたのだ。

「ちょっと、ちょっと待って」と、リヤカーの持ち手を引いている妙子の背後から、いきなり安江の声がした。

「うちの客になにしたの~!?」

単なるおっとりおばさんだと思った安江は、別人のように勇ましく、そして美しく参上した。

黒を基調にしたボックス・ワンピースには、赤や青、緑といったカラフルな幾何学模様が入り、おしゃれ感満載だ。よく見ると化粧もバッチリ。黒いアイライナーで、夕べより目が二倍くらい大きくなっている。

男はリヤカーの持ち手を激しく揺さぶり走り出す。妙子ははじかれたようにリヤカーから離れた。

急に抑制のなくなったリヤカーは勢いがつき、安江の脚にぶつかった。バランスを崩した安江は地面に勢いよく尻もちをついた。

「痛っ！」

「大丈夫ですか⁉」

妙子が安江の身を案じているすきに、男はけたたましい音をあたりに響かせ、あっという間に公園から姿を消した。あいつは逃げ足が速いのだ。

安江は顔をゆがめている。妙子は「ちょっと待って！」と叫ぶが、ケガ人を放っておくわけにはいかない。

「痛たたたたた」

尻もちをついたまま、安江は右手をもう一方の手でかばっている。妙子はしゃがみこみ、おろおろするばかりだ。

「ケガした？」

「……手首をひねっちゃったみたい」

安江は痛みに耐えるしぐさで目くばせした。

「すぐ冷やさんと」

「朝ごはん、作れないかも……」

「すんません、私のせいで」

「あの男になにされたの？」

苦渋《くじゅう》の表情を浮かべながら、安江は妙子に問う。

「いえ、あの……」

しかけたのは自分の方だ。しかし本当のことを言うのはためらわれる。夫探しは誰にも内緒なのだ。

「なにもってこたぁないでしょう？　変なことされたから、怒ってたんでしょう？」

「ええと……」

「あの人はよくここの空き缶を持ってくのよぉ。人には危害を加えないと思ったけど、寺島さん、血相変えてたから、こりゃあヤなことされたんだと思ったわけ」

「すんません」

「やだぁ、あたしの勘違い？　知ってる人だったのぉ？」

ややこしくて説明できない。財布をなくした直後に目撃したからと話すのも、思いこみの激しい人間と思われそうだ。

陽の輪郭ははっきりしてきて、やわらかな枝の影を地面に落とし始めた。

通行人の数も多くなり、近道になるのか、ふたりの傍を通り過ぎ、公園奥にあるもうひとつの出入口へ向かう人もいる。

「ちょっと、手ぇかしてくれるぅ？」

気の利かない自分に慌て、妙子は立ち上がって両手を差し出した。安江は左手で妙子の手にすがり、よっこらしょっと身体を持ち上げた。

彼女のお尻にはしたたかに土がついていた。きれいなおべべがこんなに汚れて。妙子は思わず両手で土を払ってやる。安江は「悪いわねえ」と、自らお尻を突き出し、素直にそれを受け入れている。

いい人だ。

勘違いにしても、この人は自分を助けようと、駆けて来てくれたのだ。そしてケガまでしたのに、うらみがましいことはちっとも言わない。土を払いのけたあとも、安江の指とお尻の柔らかな感触が手に残った。

「私、気ままな観光やのうて、ほんまは旦那を探しに来たんです」

「あら、東京で婚活を？」

「……そやのうて、蒸発した亭主を探しに来たんです」

「あらまあ」びっくり、という風に、安江は口をぽっと開けた。

「あの人は昔、急におらんようになったんやけど、今年の夏、はがきをよこしたんです。死んでんの違《ちゃ》うかとも思てたから、びっくりしました。腹も立ったし、無視しよと思た。でも、あの人の書いた字ぃ見てたら……このままにしといたら、あかんの違うかと思て」

はがきのことは誰にも打ち明けていなかった。ケガをさせた分、男ともみあった理由を話す気になっていた。

「昔だなんて、いつ、いなくなったの？」

「十年前」

「あらまあ」

また安江は、少女のように驚いてみせる。

「あの人、料理人で、仕事に行くて言うて、いつも通りに出かけたんです。でも出勤して来《こ》んて、店から連絡がありました。最初は事件か事故に巻きこまれたと思いました。警察に届けよかと思たころ、ふっと見たら、写真たてにあった私の写真がなくなってた。私以外に部屋に入った人はおらへん。あの人、もしかしたらと思てたけど、やっぱりそうやった。あの人は自分から姿を消した。私の写真を持って、出て行ってしもたんです」

当時はすぐに実感がわかず、どこか他人事《ひとごと》に感じたものだった。

「けんかもしてへんし、女がいたわけでもなさそうやった。写真を持って行ったんやし、すぐ帰って来ると思てました。けど、半年経っても、一年経っても帰って来うへん。もう帰って来るやろ。そう思てるうちに十年経ってもた」

妙子は大きく息継ぎをした。

「はがきの消印が本郷やったんです。調べたら東京やった。なんで東京にいるかはわからへん。とりあえず、本郷郵便局の管轄を示した地図をもらって、歩いてみたんです。その地域のどこかのポストに入れたということやから」

「それで千駄木にいたのね。でも、あの男となにか関係があるの？」

「あの男は、私の写真を持ってたんです」

「え？　ダーリンが写真たてから抜いてった、あなたの写真を？」

妙子はうなずいた。

「直接もらったんかもしれん。……あの人、東京で、もしかしたらホームレスになっててんのかもしれん……」

妙子はこみ上げるものを必死で抑えた。秀一がみじめな生活をしている姿を想像すると、胸がつまった。

「決めつけるのはよくないわよ。とにかくあの男に写真の出所を聞いてみましょうよ」

安江はやさしく慰める。

「あの男の人はまた来るやろか？」

「来るわよぉ。待ってりゃ、そのうち絶対来るわ。だってここに集まる空き缶の数は半端じゃないんだもん」

安江は断言し、また顔をしかめた。立ち話をしているうちに、彼女の右手首は見事に脹《は》れあがってしまった。

「病院に行きましょう」

「でも朝ごはん作んないと、光成《みつなり》君も四賀《しが》さんも怒っちゃう。池花《いけはな》さんは許してくれるだろうけど」

「………？」

「光成君は昨日電話に出た人よ。ずっと近江寮に泊まって、いろいろ手伝ってくれてるの。四賀さんも池花さんも滋賀県の人で、うちの常連なの」

宿泊客に電話番をさせるとは驚きだが、近江寮はざっくばらんな宿なのだろう。だとしたら、この申し出は問題ないはずだ。

「朝ごはん、私が作ります」

「本当？　助かっちゃう」

喜色満面で安江は口元に手をあてがった。

その年でこれですか？　超ぶりっこやん。

大昔の流行語が妙子の頭をかすめたが、なんだか許せた。

「夜も、明日《あした》も明後日《あさって》も作ります。だから」

「しばらく近江寮に泊まるんでしょう」

続くセリフをとられてしまった。

「だって十年も待ってたなんて、愛が冷めなかったってことじゃない。せっかくとっかかりが見つかったんだから、とことん探して行きなさいよぉ。二十万もなくしたんだから、安い宿にしないとダメダメ。それに近江寮は訳アリっぽい人ばっかりだから、あなたにピッタリよぉ」

妙子は困惑する。

この気持ちは愛なのだろうか。

強いて言うなら意地ではなかったか。

民法上、配偶者が失踪した場合、音沙汰なく三年経てば離婚ができる。七年経てば死亡扱いにすることも可能だ。姉に何度か勧められたが、妙子はどちらもしなかった。

帰って来る。もう帰って来よる。信じたい気持ちは、信じられなくなったあとも、意地となって固まった。あんな思いをして一緒になったのに。足かけ二十七年も一緒にいた男に捨てられたとは、認めたくなかった。

さらさらと時間は流れ、いつの間にか人生の最期を意識する年齢になっていた。

この夏はがきが届いたとき、夫も区切りをつけたいのではと思った。だから、あの人を探す決心をしたのだ。

安江はまた盛大に顔をしかめた。

「早く戻りましょう」

慌てて安江を促す。ふたりは並んで歩いた。

気づけば、妙子の足どりは軽くなっていた。重い話を明るく受けとめてもらえたことがありがたかった。

ふたりが近江寮に戻ると、なんと玄関には、あの変な紳士が立っていた。昨日アメ横への行き方をおしえてくれた人だ。

「おはよう、池花さん」

安江は笑顔で挨拶している。

この人は滋賀県の人だったのか。妙な偶然に目をぱちくりさせ、妙子はぎこちなく頭を下げた。

ホームレスに会った日の午前中は、ふたつの銀行を回り、支払い停止措置を解除する手続きをとった。印鑑も通帳も東京に持参していたことが幸いし、カードはその日のうちに使えるようになった（ゆうちょ銀行は当然としても、お江戸日本橋《にほんばし》に、滋賀銀行の支店があるのには驚いた）。

3

長く家を空けるときは、大事なものは持ち出しておくのが一番だ。警察からの借金も無事に返し、夕方には落ち着いた気分で、妙子は近江寮の厨房で料理を作った。三日目は清掃や雑事もこなし、滞在はあっという間に四日目だ。

厨房の使い勝手にもすっかり慣れた。広すぎず狭すぎずの空間が自分の身幅に合うからか。妙子は三徳《さんとく》包丁の刃先に指をあて、返しを確かめる。

「妙子さん、包丁研《と》いでるの？　さすが元料理屋さんねぇ」

食堂に安江が現れた。

いつの間にか「寺島さん」から「妙子さん」に呼び方が変わっている。馴《な》れ馴れしくされるのは好まないが、あまりの自然な変化に自分もつられている始末だ。

安江のメイクは相変わらずである。黒地に百合の花柄のサテンシャツと臙脂色《えんじいろ》のロングスカート。ご丁寧に紫色のストールまで羽織っている。一方妙子はいつもの通り化粧っ気は皆無。部屋着に持参した、下は十年近く愛用しているグレーのジャージに、上は黄色いTシャツだ。

「家のもんだけな。店の包丁には、一切タッチさせてもらえへんた」

かわりに秀一は、家では料理をひとつもしなかった。

「ここの調理器具は上等やで。しもとくのはもったいない」

「リニューアルしたとき、実は一緒にシェフも雇われたの」

他にも和包丁は、出刃、菜切り、柳刃がある。洋包丁は万能に使える牛刀にペティナイフだけだから、和食出身の料理人だったのかもしれない。

「でもその人、他にいい話があって、すぐ辞めちゃった」


その日、したたかに酔って帰宅した秀一はなにも言わなかった。

「なんでこんな早《はよ》う、帰って来んの？」

だんまりを決めこむ夫に、妙子は質問をさらにかぶせた。

「また辞めて来たんか、あんたは！」

自分は四十代も半ばだったか。妙子は夜食のうどんの鉢を乱暴に食卓においた。秀一は前の店を半年ほどで辞めたばかりだった。

「あそこは給料がええ言うて、自分で見つけてきたところやんか。大将も気風《きっぷ》がええて、言うてたやん」

近江料理店をたたんで五年ほど経っていた。店の借金返済のために踏んばらねばならないのに、秀一はちっとも腰が定まらなかった。

「だから、あたしが作ることになったのぉ」

妙子は回想から自分を引き戻す。

「安江さんをシェフにするとは、無茶しゃはったな、若鮎会も」

「食器はいっぱいそろえたのよぉ。あたし、器を見るのが好きなの」

それで不忍池の陶器市に出かけていたのか。確かに戸棚には、上等ではないが、趣味の良い食器が大量にしまってある。

妙子は砥石《といし》の上で、包丁を裏返した。

「あんな包丁でよう料理してたな。切れへん包丁は危ないで」

「あたし、包丁なんか研いだことないもん」

「その必要もなかったか」

なにしろ安江は、包丁で切る必要のないおかずしか出していなかったのだ。初日の夕食は、急だからごめんね献立でもなんでもなく、普段からそうだと翌朝わかった。常連の宿泊客も夕食は注文しないという。

それでも無料の朝食（ごはん・インスタント味噌汁・市販の漬物・ハムエッグorマルシンハンバーグorイシイのチキンハンバーグのローテーション）は、たまにオーダーがあるらしい。

ん？　よく考えたら、あの夜に食べたメニューは、それにサラダがついただけではないか。

「ね、ね、お昼はなに食べるのぉ？」

ぶりっこおばさんの甘えた声がする。時刻は十二時十五分。開け放たれた窓から、網戸越しにそよそよと吹きこむ秋風がさわやかだ。

「夕べの残りの天ぷらと、あとは味噌汁で簡単に」

「いいわねえ」

「で、かまへん？」

「あら、あたしの分もあるの？」

「そのつもりやったくせに」

妙子が寮に滞在すると決めた日から、安江は毎日三食妙子の料理を食べに来る。夫と姑、三十歳の息子の食事は、夫が経営するスーパーマーケットの惣菜《そうざい》を並べるため問題ないらしい。寮の管理で忙しいのを理解してもらっていると、当然のように言うのである。

砥石の始末を終えた妙子は、昨夜の天ぷらの残りが入った大きなタッパーと食材を冷蔵庫からとり出した。

カウンターの前、廊下側のテーブルの椅子に安江は腰かけ、煙草に火をつけた。広めの食堂には四人がけのテーブルが四卓、田の字形に離して置かれている。厨房への出入口にも近いそのテーブルが、妙子と安江の定位置になっている。

「だって妙子さんのお料理、おいしんだもん」

「おだてても、メニューは変わりまへんで」

「私、嘘はつかない主義よ。昨日のたくあん煮っていうの？　びっくりしたわぁ。お漬物って、あんな風に生き返るのね」

見るのが怖いと安江が指差したビニール袋の中身は、干物と化したたくあんだった。田舎では漬物を切らさぬようにする人も多いが、それは明らかに冷蔵庫の片隅で忘れられていた。

さしあたり腐ってはいなかったので、けだし（塩出し）して、だしじゃこと昆布とで炊いてやった。贅沢煮《ぜいたくに》といい、関西では普通に食されているが、安江には珍しかったらしい。妙子は幼いころから忙しい母に代わり、おさんどんをやらされた。関西でいうところの始末、つまり節約を考えた家庭料理だ。亭主は料理人でも、自分は庶民の食事しか作れない。

だがほめられると、俄然《がぜん》やる気になる。味噌汁をインスタントだしですませる予定を変更し、冷蔵庫からだしストックをとり出した。鰹節や昆布で丁寧にとっただしを、いつでも使えるよう準備しているのだ。割高にはなるが、断然こっちで作った方がおいしい。

「妙子さんが来てから、みんな、夕飯も食べるようになっちゃったわねー」

安江が愉快そうに笑うと、ふふふふふと、煙草の煙が鼻の孔《あな》と口から同時にもれた。

みんなとは宿泊している面々だ。いずれも連泊者で、現在は妙子を入れて四人いる。ちなみに妙子は、「安江の手が治るまで手伝う人」ということになっている。

東京近江寮は高度経済成長期の終わりごろに、都内の大学に通う滋賀県民の学生寮として開設されたらしい。どうりで各部屋に学習机が作りつけられているわけだ。

しかし全盛期でも半分くらいしか部屋は埋まらなかったという。全国区で勝負しようという大志を抱く者がいなかったのか。はたまた、個人で部屋を調達できるお金持ちの坊ちゃん・嬢ちゃんばかりだったのか。

思うに後者はほんのひと握りだろう。地元から離れ過ぎるのは滋賀県人にとっては恐れ多い。大学は基本実家から通えるところ、行っても京都や大阪で十分なのだ。

そんなわけで、あり方を見直された十五年前に改装された近江寮は、公益社団法人若鮎会が運営する宿泊施設として開放された。県民の福利厚生の一環なので、県のバックアップでなんとか続いている。

「掃除までさせちゃって、悪いわねえ」

まるで女子高生のように、安江はテーブルに両肘をついて毛先をもてあそぶ。その右腕は手首を中心にギプスで覆われている。ただのねんざでなく、骨の一部にひびが入っていたからだ。閉経すると、女は骨がもろくなるが、安江もご多分にもれなかったのだろう。

「あたしも手伝いたいけど、手ぇ出しちゃいけない。あなたの言う通り、治りが遅くなっちゃう。ほんと、ごめんなさいねぇ」

本来なら鼻白むところだが、彼女は本気で言っているようだから困ってしまう。

近江寮は鉄筋コンクリート構造の三階建ての建物だ。一階には食堂と談話室、管理室、浴室（男女別だが、宿泊者が少ないため、現在は男性用のひとつしか使われていない）、共用トイレ、洗濯室に倉庫がある。二階と三階にはトイレと客室が十室ずつ並び、結構な大箱である。

まずは建物中に行き届いていない掃除をしようと、ほうきや雑巾《ぞうきん》を手に妙子が寮内を動き回ると、安江もついて来た。彼女は絞り切れていない雑巾であたりを拭くものだから、窓から桟《さん》から畳から水浸しになり、収拾がつかなくなった。

トイレも方向を気にせず片手でデッキブラシをかけるので、汚れは一か所に集まらず散るばかり。動きも大仰で、例の素敵なお衣装が汚れないか、かぎ裂きを作らないかと妙子はハラハラした。要するに安江は、ファッションや食器にはあるセンスが、掃除や料理には皆無なのだった。

「あの人、いた?」

安江の質問に菜箸《さいばし》の動きが一瞬止まる。夫探しを告白したものの、それきり話題にしていない。安江も問わなかったし、会って間もない人間にペラペラしゃべり過ぎたと、妙子も自重したからだ。

「土曜日よ、資源ゴミの収集日は。みんな何日も前から出してるけど、当日の朝が一番集まるの。それを狙って来るのよぉ」

妙子は毎日、何度となく公園の出入口を確かめている。安江はそれに気づいているのだろう。

「あたしも見つけたら、とっ捕まえて聞いてみるからね」

安江は煙草の火をもみ消し、「おだしのいいにおいがしてる」と、灰皿の中へ水を入れにシンクまでやって来た。

「とっ捕まえるて、この間みたいに突進するつもりかいな」

「やあねぇ。それは言いっこなしよぉ」

いなすにしては痛いくらいに、妙子は肩を叩かれる。

「あいつは足が速いし、捕まえても簡単にしゃべらんかもしれん。ちょっと工夫せんと」

妙子はペティナイフを手にとり、空《くう》で研ぎ具合を確かめた。ナイフのエッジがキラリと光る。

「やだ、物騒なことしないでよぉ」

安江は両手で自分の肩を抱き、少女のようにおびえてみせた。

「あら、光成君」

安江の声がとんだ。

光成は寝癖のついた頭をボリボリとかきながら、厨房までやって来た。部屋に冷蔵庫がないので、私物は氏名を記載の上、厨房の業務用冷蔵庫に保管していいことになっている。

光成は無言で冷凍室から大きな箱に入ったストロベリーアイスクリームをとり出した。

「こんにちは」でも「ごめんなさい」でもない不愛想さに妙子は不快感をおぼえる。だいたい最初に電話で話したときから、こいつの印象は激悪だ。

立端《たっぱ》も横幅もある三十八歳のこの男は、近江寮に住んでいるといった方が正しい。フリーターをしながら、三年以上連泊しているからだ。

「これからお昼ごはんなの。あなたも食べる？」

「昨日の残りもんやろ」

部外者然とした言い草に妙子はカチンときた。

「誰かさんが急に食べはらへんかったからな」

昨夜大食い光成は夕食をドタキャンした。だから天ぷらが大量に余ったのだ。

「金は払うよ」

憎たらしい口の利きようだ。

「光成君、今日もまた夜勤？」

「そ」

反抗期の中学生のような返事を残し、光成は厨房の引き出しから勝手にスプーンを取り出して、アイスクリームを持って出て行った。

「あの子、アイス好きなのよねぇ」

微笑む安江が、妙子は不思議でならない。

「あんなしつけのなってない人、信じられん」

「ああ見えて、結構頼りになるんだから」

かばう安江に、光成とは単に気心の知れた宿泊客と管理人というだけでなく、特別な関係なのかと疑いたくなる。

「夜勤て、なんの仕事してんの？」

「レンタルビデオ屋さんの店員。本職は映像作家だけど、今は充電中なんだって」

どこまで本当か、眉つばものである。

「お、ええにおいしてますね」

四賀浩彦《ひろひこ》がやって来た。

ひょろりとしたこの中年男は、滋賀の零細《れいさい》企業に勤めている。二〜三か月ごとに出張のために上京し、一週間ほど近江寮に滞在するらしい。

「あら、四賀さん、お仕事は？」

「へへ、今日はちょっと顔出すだけでええんですわ」

安江の質問に、ぎょろ目の四賀はこすっからい笑みを浮かべた。足音もなくカウンターに近づき、置いてあるやかんの番茶を湯呑に注《つ》いで飲んでいる。

「今夜もまた歌舞伎町《かぶきちょう》にご出勤？」

安江がいたずらっぽくたずねた。

「へへ。まあね」

番茶をすすりながら、食堂の出入口に近いテーブルに四賀は着いた。彼はあるホステスに入れあげており、上京の度にその店に通うのだという。

「ここ、昼飯も食べさしてもらえるんですか？」

「実はそうなのぉ」

妙子は面食らう。いつの間に昼食を提供することになったのか。

「寺島さんのメシはうまいからなあ。一昨日《おととい》のアジの南蛮漬け、サイコーでしたわ。せん切り野菜がぎょうさん入って、甘酢の加減がちょうどようて。ええなあ、わしもよばれたいなあ」

「え、四賀さんも食べんの？」

「大丈夫よねえ、ひとり分くらい」

安江は安請け合いする。

「まさか、池花さんまで帰って来うへんやろな」

昨夜は天ぷらを多めに作ったといっても、四人に分けるとなるとさすがに厳しい。夕食の食材は午後に仕入れの予定なので、他のものを作る余裕はない。

「あの人は忍《しのぶ》さんと一緒に食べるから大丈夫よ」

変人紳士の池花透《とおる》は、病院に通うために滞在している。忍というパートナーが、区内の病院に入院しているからだ。忍の東京での治療は四回目、今回の入院期間はもう三か月に及ぶという。ちなみにふたりは事情があって入籍していない。

今朝の池花は白い半袖ポロシャツにそろばん柄、じゃない、アーガイル模様のクリーム色のニットベスト、脚の長さが際立つ白のスラックスという出で立《いた》ちだった。「これから皇族方とテニスですか?」と、思わず聞いてしまうほどキマっていた。

いくら付き添いだけといっても、介護も長期間にわたると心身共にくたびれてくるものだ。彼が放つさわやかさを、妙子は本当に不思議に思う。

結局昼食の献立は、昨日の天ぷらをチンして、フライパンで軽く焼き目をつけたもの(エビ、かぼちゃ、玉ねぎ、ピーマン、茄子《なす》、じゃがいもだが、この中から三~四品が配当される)、焼き塩鮭、にらとなめこのお浸し、豆腐と長ねぎの味噌汁、かぶの浅漬け、コールスロー、ゆかりごはんと相成った。ちなみに妙子は、ゆかりごはんが天ぷらに一番合うと思っている。

「残りものって言ったけど、おかずがいっぱい。豪華じゃない」

「御数《おかず》は丁寧に言うときの〈御〉に、数字の〈数〉て書くんやで。そやから数がいっぱいないと、あかんと思うねん」

「わしも夜のオカズは多いほどええですわ」

四賀が下ネタに走ったが、ふたりは聞こえないふりをした。

「というわけで、お昼は一食六百円でお願いねぇ」

安江は抜け目がない。

「え、六百円？」

四賀の顔は曇るが、対価が発生するのは当然だろう。六百円は少々高め設定な気もするが。

「天つゆはひとり分しか残ってないし、けんかせんといてな」

妙子はウスターソースをたっぷりと天ぷらの上に回しかける。各種調味料はカウンターの上にしかないので、トレイを運ぶ前に銘々調味するのだ。

「ソースなんかかけるの？　初めて見たわぁ」

安江は濃口醬油を手にとった。

ったのは不幸中の幸いだった。

「どろソースがええな」

四賀は冷蔵庫に向かう。どうも粘度の高いソースが好みのようだ。

それぞれが席に戻り、箸を動かし始めた。安江は左利きなので、ケガをしたのが右手だったのは不幸中の幸いだった。

「四賀さんもソースってことは、滋賀じゃみんなそうなの？」安江は意外そうだ。

「醤油のヤツもおったなあ」四賀が目玉を天井に向ける。

「池花さんはどっちかしら？」安江が疑問を呈する。

「あの人は家で残りもんとか食べへんの違う？」妙子は推測する。

「天ぷらはお店で食べるのかもね」

「天ぷらて、外で食べたら、なんであんなに高いんやろ」

おしゃべりに花が咲く。

ひと晩おいた天ぷらはどこか別の食べ物だ。茄子は油がしみ、揚げたてよりも格段においしい。この半月切りの玉ねぎも、ソースの甘味と酸味が油の回った衣にからみ、しんなりした繊維を包みこんでいる。

「粉もんにはソースが合うからな」

光成が現れた。いつから聞いていたのか、さっきのスプーンをもてあそびながら、みんなの会話に横入りしてくる。

「次の日の天ぷらの衣は湿気《しけ》てぺたんとしてるやろ。言うたら、お好み焼きとか、たこ焼

き生地とよう似てる。だから関西人的にはソースをかけて違和感がない。マヨネーズも当

然合うねん」

光成は講釈《こうしゃく》をたれ、皆のトレイを見回した。図々しい無言の催促に「光成君の分あ

る?」と安江がささやく。

妙子はしぶしぶ席を立った。食事を作ることを条件に、宿代を一日千五百円に負けても

らっている。ケガのため、助っ人が必要だと安江が若鮎会にかけ合い、食事代無料に加え、

礼金一日五百円をもぎ取ってくれたのだ。これで妙子は安江の補助要員という身分になっ

た。だから、安江の言うことを聞かないわけにはいかないのだ。

「なるほどねぇ。あたしも次はソースをかけてみようかしら」

安江は楽しそうに、醬油味のピーマン天をかじった。

「天ぷらは寿司、蕎麦《そば》と並ぶ江戸の三味のひとつやし、醬油で食べるのが正当やねん。ち

なみに長崎あたりは、南蛮料理の影響で衣自体に味がついたるから、たれは必要ないいん

や」

偉そうに言い、光成は冷蔵庫からケチャップをとり出した。天ぷらの講釈をたれたわり

には、自分はフリッター感覚で食べたいらしい。けれど、今の彼にケチャップは必要ないのだ。

「天ぷらは残ってないで」

妙子が言いながら、光成の分が載ったトレイを本人に渡すと、大きな男は露骨に肩を落とした。

「フライドチキンと同じね。さすが光成君、博識だわぁ」

安江の感嘆に妙子は素直に同調できない。でもマヨネーズには興味がわいた。次はこっそり試したい。ゆかりの梅風味が天ぷらに合うと感じるのも、たこ焼きやお好み焼きに入る紅生姜《べにしょうが》と同じではないだろうか。

安江が思い出したように、吹き出した。

「関西人的にって、あたし寮を任されるまで、滋賀って三重とか岐阜の仲間だと思ってたわ」

東海地方に組みこまれるとはまことに遺憾だが、仕方なかろう。近畿圏でもみそっかすだが、全国的にはもっと存在感が希薄なのだ。

ふと思い出す。

秀一とやっていた店は、近江の郷土料理店だった。その名も「江州《ごうしゅう》」。それ以外のメニューはほとんどなく、店主の思い入れが強すぎて、多額の借金を残して七年足らずで閉店したけれど。

「うちのおかんは、余った天ぷら、味噌汁の具にしてましたわ」

四賀が茄子とかぼちゃを味噌汁に投入した。

それはまた、けったいな。だが、「天ぷらうどんの味噌スープ版ですわ」という説明に、一同それはアリかもと納得したのだった。

4

湿気た天ぷらの調味談義から四日後のことである。

草木も眠る丑三《うしみ》つどき、午前二時を過ぎたころ。

物音で目が覚めた。続く若い女の金切り声となだめるような男の声。

今日は土曜日。週一回の資源ゴミの日だ。妙子は五時ごろからホームレスが公園出入口に缶を集めにくるのを待つつもりだった。

なにしろあいつは逃げ足が速い。また追いかけっこになるかもしれない。だから体力温存のため、起床時間まで十分眠っておきたかったのだが——。

「人をバカにするのもいい加減にしろってのよ！」

「違うって。わしも知らんかったんやって」

「シラ切る気？」

「大きい声出さんといてえな。みんな起きてまうやん」

妙子は騒がしさに耳を澄ます。部屋のドアは隙間があるから、声が筒抜けだ。

廊下で誰か騒いでいる。寮には妙子をのぞいて女性は泊まっていないはず。宿泊客以外は立ち入り禁止だ。

「うるさい！　女、連れこむんちゃうど！」

光成の怒号がしたと思うと、向かいの部屋のドアの閉まる音が響いた。

近江寮は各階の真ん中に一本の廊下が通っている。廊下の両側には客室が並ぶ。すなわち南の公園側に六つ、北の道路側に四つとトイレだ。公園側一番奥の角部屋に滞在している妙子は、顔だけ出して様子をうかがった。

避難口誘導灯に照らされて、四賀が女性ともみあっていた。女性は肩もあらわな白いロングドレスで、長い茶髪は夜会《やかい》巻きに結いあげられている。

部屋三つ向こうからの視線に気づかない男女は、廊下でモメ続ける。

「騙《だま》された！　なにこれ！」

「ランちゃん、違う、違うって。誤解やって」

「あたしが3Pなんかすると思ったの⁉」

「痛、痛、いったー。ひっどいこと、せんといてえな」

ランちゃんは手にしていた白いハイヒールで四賀の頭をひっぱたいた。寮内は土足禁止だ。そのため玄関に靴箱とスリッパが置かれているが、許されぬ侵入者ゆえ靴を持っていたのだろう。

頭を押さえながら、四賀は猫なで声を出している。完全に痴話げんかだ。女は年のころ三十前後。彼が入れあげているホステスか。

街中にはいくらでもホテルがある。こんなところですまそうとするなんて、ケチくさいヤツだ。

「だからあ、連れこんでないって〜。お願い、信じてえなあ」

「連れこんどるやんけ！」

バッとドアを開けて、光成が妙子の心中を代弁した。しかし向かいの妙子と目が合うと、すぐにドアを閉め、部屋に引っこんだ。

「わしは知らんねんて。勝手に入っとったんやて。……お前、どうやってここに入ってん?」

四賀は弱り果て、開けっぱなしの室内に向かって質問した。

「……え? なに? ……そんなもん勝手に作んなや〜」

相手の声は聞こえない。妙子は頭の中で事態を整理する。ランちゃん以外の女が部屋にいるということだろう。

「あたし、帰る! もう店にも来ないで!」

ランちゃんはその場でハイヒールをはき、ドレスの裾《すそ》をひるがえして階段を駆け降りて行った。

「待ってえな〜」

情けない声を出し、四賀は彼女を追いかけて行ってしまった。

妙子はパジャマの上に黄色いカーディガンをひっかけ、恐る恐る四賀の部屋に近づいた。

室内をのぞいてみる。

部屋の真ん中に布団が敷かれている。その周囲にはシャツや靴下、雑誌などが散乱し、足の踏み場もない。

布団の上には、ランちゃんよりもずっと若い女の子がピンクのショーツとシュミーズ、いやキャミソールを身にまとい、こちらを向いて座っていた。手にはなぜか、水色のアイスキャンディーが握られている。

「……あんた、滋賀県の人？」

あられもない姿態に妙子は面食らう。

「東京の人？」

答えず、相手はアイスキャンディーをペロペロとなめた。

女の子の素肌は真っ白だ。バストの先の桃色が透けている。くずした両の太ももははち切れそうになめらかで、針を刺すと割れてしまうのではと思うほど。別の意味ではち切れそうな妙子の腕や脚とは明らかに肌理《きめ》が異なる。

「そんなカッコで、そんなもん食べてたら風邪ひくで」

「のど渇いたんだもん」

どんなに寒くとも、冷たいものが口にできるのは若さゆえ。年をとると今宵のような肌寒い夜に氷菓子など、考えただけで歯がうずく。

突然女の子はアイスキャンディーをくわえて、かけ布団を頭からひっかぶった。人に見つかりバツが悪くなったのだろう。

こういう場合どうすべきか。光成が部屋から出て来る気配はない。妙子の部屋の並びの真逆、角部屋の池花も音沙汰がない。熟睡しているのか、見ぬもの清しと静観を決めこんだか。

ふと、何年も前の出来事が妙子の脳裏によみがえった。

「寺島さんって、ほんまは旦那に逃げられてるんやで」

「え？　仕事で家空けてはんのと違うの？」

「本人はそう言うてるけど、ほんまは出て行かはったんやて」

「うっそー、知らんかった」

「旦那を見かけんようになってから、何年も経つらしいで。みんな知ってるけど、知らんふりしたげてんねん」

病院の更衣室。迷路の壁のように並んだロッカーに阻まれ、妙子がいることに気づかなかったのだろう。仕事仲間ふたりの声には聞き覚えがあった。

「違うで。あの人はほんまに遠くで仕事してるねん」

聞き捨てならずに姿を見せてやった。そのときの仲間らの顔は忘れられない。幽霊に出くわし、恐怖にゆがんだとでも形容しようか。しかも片方は想像していた人物でなく、いつも自分に親切にしてくれていた人だった。ブルータス、お前もか。柄にもないセリフまで頭に浮かんだ。

その後はいっそう人から距離を置かれるようになった。あのときは見ぬもの清しと、黙っているべきだったのかもしれない。

急に身体が震える。

「嫌なこと思い出したし、おしっこしよ」

妙子は四賀の部屋の向かいにあるトイレに入った。用を足し終えると、また身体がぶるっと震えた。洗面所で手を洗い、両手を大きく振って自然乾燥させる。

すりガラス越しに人影が見えた。そっとドアを押して隙間からのぞく。四賀が部屋に戻って来たようだ。ランちゃんには逃げられたに違いない。

彼は入口で舌打ちし、スリッパを脱いで部屋に入った。

「おい」

四賀は盛り上がった布団を足で小突いた。

「お前のせいで、せっかくうまいことといってたのが、パーになってもうたわ」

廊下から眺める妙子に気づかず、四賀はやさぐれた態度で布団の横にどっかと座る。

「お前、最悪のタイミングで来るなあ、ほんまに」

かけ布団は動かず、声だけがもれた。

「……だって連絡くれないんだもん」

「いつの間に合い鍵なんか作ってん」

「……この間、渡されたとき」

「雨の日か。先に寮で待っとけ言うた日か」

「いっつも新宿で待たされるじゃん。合い鍵、あったら便利じゃん」

ふたりのやりとりに合点がいった。

部屋の鍵はもちろんだが、夜間は管理人不在となるため、宿泊者は寮の玄関の鍵を持たされる。四賀が上京の度に同じ部屋に泊まることを知る女の子は、そこで待てばいいと考えたのだ。

そのとき、誰かがスリッパで階段をのぼって来る音がした。

上下ショッキングピンクのスウェットにソバージュ頭。白いギプスをちらつかせ、あくびをかみ殺して近づいて来る。

「安江さん」

妙子の声に、ぎょっとして四賀はふり向いた。

「騒ぎが、家まで聞こえたんか？」

「バカ言わないでよぉ。どんな地獄耳でも、さすがに無理。光成君から電話があったの」

なるほど、これが「頼りになる」ということか。

「どこにいるの？　女の人」

妙子が布団を指すと、四賀は慌てて言いつくろった。

「あ、安江さん、これはちょっとした間違いなんですわ」

「あら、最中だった？」

「違う違う。誤解せんといて。まだまだ、全然」

「四賀さん、ここは宿泊者以外立ち入り禁止よ。ましてやラブホ代わりに使うなんて言語道断。事と次第によっては今後の宿泊を考えさせていただきます」

寝起きとは思えない厳しいトーンで安江は断じる。普段はおっとりしているくせに、いざとなると有無を言わせぬ迫力を見せる人だ。

「勝手に入って来よったんですわ。連れこみなんかしてませんよ」

「この人が連れて来たんは、もっときれいな人。さっきプリプリして帰ってしもたけど」

妙子の注釈に、かけ布団がバサッと浮き、女の子がほっぺを膨らませて起き上がった。

「二股か。ほんまサイテーやな、お前」

いつの間にか光成が背後に立っていた。安江の登場に合わせて、のこのこと出て来たか。

「あんたは見んでよろし」

妙子は女の子の下着姿が見えないよう、光成の視界を手で遮った。彼は不服そうに、しかし女の子が見えない位置まで身体をずらす。案外従順なヤツである。

「じゃあ、この子はどうやって入って来たの？」

「合い鍵作ったらしいで」

ぶつぶつと弁解している四賀を横目に、妙子は見聞きしたことをかいつまんで説明した。

ぎょろ目男の肩が、見る見る落ちてゆく。

すべてがバレてしまい、四賀は観念したようだ。半年ほど前から、女の子を何度か部屋に連れて来ていたと白状した。

「あなた、ホステスさんを追いかけてたんじゃなかったの？」

「まあ、そうなんですけど……」

「この人は別のホステスさん？」

「いや、こいつとは街で知り合《お》うて」

「ついに応じてくれたホステスさんと部屋に帰って来た。そしたら先客がいて、女同士鉢合わせになったってわけね」

「ええ年こいて街でナンパかい。浅ましい男や」

光成がまた割りこむ。「うっさいわ」と四賀は力なく言い返す。妙子はだんだん腹がたってくる。

「四賀さんはともかく、光成君はそれくらい積極的になった方がいいのよ。彼女いない歴三十八年なんだから」

安江に意見され、「僕のことは関係ない……」と、光成はむにゃむにゃと引きさがった。

「四賀さん、寮には規則があるの。その子にこのままいてもらうわけにはいかないわ」

「おい、早出《はよ》てってくれてよ」

安江の言葉を受け、四賀は女の子に命じた。体育座りで一点を見つめていた女の子は、唇をへの字にして四賀に告げた。

「じゃ、タクシー代ちょうだい」

「あほな。何言《ゆ》うてんねん」

「いっつもくれるじゃん」

「お前ー、あれはなあ」

「もらわないと帰れない」

「……ちぇっ。いくら？」

「三万」

「あほか！」

四賀は女の子の耳元に口をよせ、「いっつも一万やん。今日はシてへんから、そんなに出せんで」と、小声でささやいている。

もう黙っていられない。妙子の頭は火を吹いた。

「ちょっと！　自分のカノジョやねんし、責任もって送ったり！」

全く女をなんだと思っているのか。

「そんな、カノジョっちゅうもんでは……」

「ほななんや⁉」

「俗に言う援交《えんこう》だわねえ」

安江が腕を組む。

「合い鍵持ってるやんか！」

「勝手に作りよったんですがな。妙子さんも聞いてたでしょー？」

「他の女のとこに通《かよ》てるあんたの帰りを待っとったんやで。健気《けなげ》な気持ちを踏みにじるなっちゅうてんの！」

「ランちゃんにはフラれるわ、意味ない金払わされるわ、わしの気持ちはどうなりますのん」

「ふたりとも大声出さないで。もうすぐ四時半よ。じきに始発が走るでしょ。とりあえず電車でお帰りなさい」

携帯電話で時間を確認し、安江は女の子に命じた。けれど件《くだん》の彼女は白い肩を布団で覆うだけだ。

「この子、どこに住んでるの？」安江は四賀に問う。

「……知りませんわ」

「あんた、知らんの⁉」

妙子はまた大声になる。東京妻である女の子の住所を知らないとは、なんと非情な男であろうか。

「そやかて、別に知らなあかんことないし、連絡は携帯でとれるし」

「男として責任感じひんの⁉」

わあわあうるさい周囲の諍《いさか》いをよそに、女の子は再び布団にもぐりこんでしまった。

「あなた、どこに住んでるの？　言ってくれたら、タクシー代出させてあげる。ほんとに三万もかかるところに住んでるの？」

安江は畳に散らばるTシャツや靴下を器用に避《よ》けて、布団のそばまで近よった。

「わし、まだ出すて言うてませんけど」四賀はふてくされる。

「まだそんなことを！」妙子が憤慨する。

「だからぁ」と、四賀。

「まあまあ。ここで騒いじゃ他の人に迷惑よ。場所を替えましょう」

池花への配慮が遅すぎるけれど、とにかく四賀に女の子を説得してもらうしかない。安江は食堂まで四賀を連れて行く。まだまだ言い足りないと、妙子もあとに続く。

「ちょっと。あんたも来うへんのかいな？」

反対側へ行こうとする光成に、妙子は思わず声をかけた。

「僕は今日仕事あるし」

眠くなったのか、これ以上面白いことは起こりそうにないと思ったか。野次馬光成は部屋に戻ってしまった。


食堂のテーブルで、安江は四賀に告げた。

「鍵を勝手に他人に貸したのは、大きな規則違反です」

「誤解ですわ。貸したん違《ちご》て、一回だけ先に開けてもろてたんです」

「五回も一回もあるかいな。あんた、自分がまいた種がどんな結果を引き起こしてるか、わかってんの？」

妙子は身を乗り出さんばかりに、男に迫る。

「そら、悪いとは思てますけど……」

「そや。四賀さんが中途半端な態度をとるから、あの子はあんたを好きになってしもたんや」

「そんな、好きてほどではないと思いますよ」

「なんやて⁉」

「まあまあ、妙子さん」

安江が割って入った。

「このままだと、あの子を不法侵入で通報しなくちゃいけないわ」

安江はトレーナーのポケットから煙草をとり出した。

「警察沙汰にするんですか？　そんな大げさな」

「だって他の宿泊客に示しがつかないもの」

他といっても、池花と光成、妙子しかいないのだが。

「……わかりましたよ。タクシー代、渡しますよ」

安江の最後通告に、さすがに警察へ突き出すのは不憫《ふびん》だと思ったのだろう。四賀は観念したようにうなずいた。

食堂からすごすごと出てゆく男を見届け、妙子はふんっと、鼻から大きく息を吐いた。

安江はやれやれと、煙草に火をつける。

「あの子の気持ちをわかってやれなんて、やさしいじゃない」

煙とともに吐き出された自分の評価に、人にほめられることなどない妙子は、ドギマギした。

「私は、私は、ああいういい加減な男が許せんだけや」

「ああいうタイプの女の子、嫌いなタイプかと思ったわ」

「……女は好きになったら、一途《いちず》になるもんやから」

「あの子、別に四賀さんのこと好きじゃないかもよ」

「ほんまの商売女やったら、ビジネス不成立ですぐに出て行きよる。駄々こねるのは男に甘えたい証拠やんか」

「なるほどね。女心がよくわかってるう」

冷やかされ、妙子は真っ赤になった。

「あ、あんたは、寝巻のポケットにも煙草入れて寝てるんか」

「おばあちゃんが夜中になにか始めたら、見てなきゃいけないの。気がすむまで止《や》めないからね。そんときの時間つぶし。だから煙草と携帯を持って布団から出るのが癖になっちゃったの」

安江は軽く笑って、また煙草を吸った。

「……その手でお姑さんの世話は大変やな」

年よりの介護は、妙子も両親で経験ずみだ。

「大丈夫。おばあちゃんは自分のことは自分でできるの。ただなにをおっぱじめるか、わかんないだけ」

目尻に細かなしわをよせ、安江はウインクしてみせた。

それはアメリカ人にしか似あわんで。と、つっこむ前に笑ってしまった。どうも安江は妙子が今まで会ったことのないタイプのようだ。

会話が途切れた。

窓の外に目を向ける。安江は椅子に深く背をあずけて脚を組む。

空が白々と明けてきた。

カラスがのびやかな鳴き声をとどろかせている。今日も一日が始まるのだ。

大きくのびをし、妙子は勢いよく立ち上がった。

「資源ゴミの日ぃやった！」

公園の垣根の間に人影が見えたのだ。こんなに早く来るのはあの男に違いない。

「あら、忘れてた」

煙草を指にはさんだまま、安江も背もたれから身を起こす。

妙子は窓際に駆けより、目を凝らした。黒っぽい服を着た人が、並んだ回収コンテナの近くにいる。

ふたりは玄関からとび出して、公園の垣根の角まで急いだ。同時に立ち止まる。そして、そーっと人物を見極めた。

やはりあの男だ。リヤカーもそばにある。

妙子は大事なことを思い出した。

「おっさん、見張っといて」

「どうしたの？」

「忘れもん」

妙子はダッシュでUターンした。と言っても、脚についた贅肉が股ずれをおこし、はた目にはけっして速くない。それでも丸太のような両腕をふりふり、懸命に寮まで駆け戻った。

しばらくののち、切り札をパジャマのポケットに忍ばせ、妙子は舞い戻った。だが、肝心の見張り番がいない。

「あれ？」

見ると、安江は男と一緒に空き缶の回収コンテナの前にしゃがんでいた。ふたりでどう囲いこむか、打ち合わせて男の前に出るつもりだったのに、計画が台なしだ。

仕方なく妙子はふたりに近づく。

「……本当？　見た目はこっちの方が高そうなのにねえ」

安江は左手で缶を選《よ》り分けている。男は安江から缶を受け取り、黙々とつぶしている。男は先週のことが気にならないのだろうか。ふたりはまるで昔からコンビを組んでいるようなナチュラルさだ。

「なにしてんの？」

妙子を見あげ、男はぎょっとした。なんせ追いかけ回した母親もどきが立っていたのだから当然だ。

「あら、遅かったわね。ささ、あなたも手伝って」

コンテナの向こう側に座れと、安江は妙子に手で示す。女ふたりを、男は何度も見比べる。自分はともかく、安江を凝視するのは、妙子など誘うなという意味か。

「つぶすの？」

「そうよぉ。たくさんあるから、手伝って」

ふたりはなにを話していたのだろう。でもこの空気を乱すと、また逃げられてしまうかもしれない。

妙子は作業に加わった。

「あ、アルミ缶だけね。スチール缶はあんまりお金にならないんだって」

彼はどこか落ち着かないが、作業を止める気配はない。協力すると、話すチャンスがもてる可能性が高い。安江もそう考え、男にうまく声をかけたのではないか。

「アルミはスチールの六倍以上、運が良ければ二十倍の値段になることもあるんですって」

さっきの相づちの意味がわかった。自分もスチールの方が、価値があると思っていた。しかし大袋いっぱいのアルミ缶がいくらになるのか、怖くて聞けない。頭には秀一の顔がちらついている。

妙子はアルミ缶の真ん中をつぶして向かいにいる男に手渡す。男は缶の頭とお尻を、さらにぺしゃりとつぶして袋に入れる。できるだけ缶を平らにし、かさを減らしたいのだ。

「うわ、まだビール残ってる」

「ベタベタするわねえ」

男は無言だ。空き缶の話は微妙だったか。

「この公園は池も灯籠《とうろう》もあって、なかなか立派やな」

「江戸時代には加賀《かが》藩のお屋敷があったんですって」

三人は共同作業で、空き缶をベコベコぐしゃりと回収してゆく。

「こっちも地域限定のバスが走ってるんやな。うちの地元にも走ってるで。大人二百五十円。乗ってる人はほとんど見いひんけど」

「田舎は料金が高いのよねぇ」

会話するのは女たちだけである。

太陽はすでに高い位置にあるが、曇り空ゆえ、はっきりしない。妙子も安江も寝巻のままだ。つっかけをはいた素足は冷えてきた。

何匹もの犬の散歩と何人ものランナーを見届け、単純作業にも飽きてきたころ、やっと男が口を開いた。

「黄色い服ばっかり」

はっとした。

今なら大丈夫ではないか。

「聞きたいことがあるんです」

言いながら、妙子が羽織っていた黄色いカーディガンの下を探ると、「早まっちゃダメ！」と鋭い声がとんだ。安江が「めっ」と、子の悪さを叱る母の顔になっている。

そんなに早まってる？　妙子は手を止める。けれどこれしかないのだ。

妙子はおそるおそる一枚の写真をパジャマのポケットからとり出した。それを見た安江は首をすくめ、舌をぺろりと出す。

意味不明なおばさんは放置プレイとし、妙子は写真を男に突きつけた。

「写真をあんたに渡したのは、この人やろ？」

写っているのは秀一である。

ほとんど写真など撮らなかったので、失踪当時のものではない。十三年前の盆踊りの際、近所の人がたまたま撮影したものだ。当時は四十二歳。暑中見舞いを受けとってから、手帳の裏表紙にはさんでいた。今はこれしかないのだ、夫の姿を伝えられるのは。

男は手を止めずに、しばらく写真を凝視していたが、やがて首を横にふった。

「ほんまに？　でもあんたが持ってたんは、私の写真やで」

顔をのぞき込む妙子に、男は反応しない。

「あんたが持ってる写真、この人が持ってたやつやねん。紺のワンピース着て木の横ですましてるの、十一年前の私やねん。もう気づいてるやろうけど」

安江の手も完全に止まっている。

「お願いします。おしえてください。その写真、どこで誰にもらったかおしえてくださ
い」

妙子は頭を下げた。安江も一緒になって頭《こうべ》を垂れている。

おしえてくれるだろうか。本当のことを言ってくれるだろうか。

秀一は自分と同じことをして暮らしていると、話してくれるだろうか。

「拾った」

男は手も止めずに言う。

「拾た？　どこで？」妙子は色めき立った。

「どこ？」

「……湯島」

心臓がもんどり打つ。やはり本郷郵便局管内に秀一はいたのだ。

「湯島のどのあたり？」安江がゆっくりと問う。

「お化け横丁」

「いつ？」

「………」

「何年くらい前？」

男は首をふる。

場所も時期もはっきりしない。単に拾っただけなら、落とし主の居場所は探しようがない。

「見たことある」おもむろに男が言った。

「なんですって？」安江が問い返す。

「湯島の料理屋にいた」

「この男の人、働いてたの？」

男はうなずく。

「顔、憶えてるのね」

男は答えない。

「店の名前なんてわかんないわね？」

口をパクパクさせている妙子に代わり、安江が質問を続けた。

「すいりゅう」

男は立ち上がった。缶はあらかた回収し終わっていた。もうここに用はないというところだろう。

追いすがろうとする妙子を制し、安江は「ありがとう。またねぇ」と笑顔になった。

大袋をふたつ積んだリヤカーを引っぱり、男はゆっくりと去って行く。妙子はじっとしているのがもどかしくてならない。でもここは安江に従った方がいい気がして、追いかけはしなかった。

「すいりゅう、だって」

安江の声に、我に返った。

「湯島で働いてたって。よかったじゃないの。店は調べればわかるかもしれないわよ」

安江は笑顔で妙子の腕をゆさぶっている。

「……もっと聞きたかった」

「ダメダメ。本当は写真を盗んだんじゃないかとか、当時はなにしてたとか、詮索されると思われたら終わりよ」

確かにそうだ。社会からはみ出てしまった人間には触れられたくない過去もあるだろう。警戒心も強い。

「一回は働いてたんか……」

「一回はって、ずっと働いてるかもしれないじゃない」

「でもあの人、仕事が長続きせえへんねん。借金返さなあかんのに、何軒店を替わったことか。滋賀には家もあるしよかったけど、東京で仕事辞めたら、住むとこなくなる。だからあの人も、うちの人、知ってるんちゃうかな」

「悪い方にばっかり考えちゃダメよ。十年間無事で、はがきまでよこしたんだから。信じてあげないとダぁメ」

心がふっと軽くなった。

「借金は返済し終わったの？」

「十年かかった。返し終わったとたんに消えてもた」

「責任はちゃんと果たしたんだ。すごいじゃない。……それにしてもいい男じゃないの」

妙子の手の中にある写真に、安江は見入っている。

「あんた、やさしいな」

確かに借金の完済前に姿を消したのではない。その点は評価してやってもいいかもしれない。妙子はランニングシャツ姿で唇を引き結んでいる秀一に目をやった。

「こんなにすんなりわかったことを喜びましょうよ」

元々が手紙の入った小瓶を太平洋で拾うかのような人探しだ。ほんの少しの手がかりでも、大きな収穫ととらえるべきだろう。

妙子の眉間《みけん》のしわが浅くなった。安江のポジティブ思考に感化されたようだ。

「安江さんが、うまいこと話しかけてくれたから」

「違うのよぉ。実はすぐあの人に見つかっちゃって。しょうがないから近よってってったの。先週のこともあるし、逃げられると思ったんだけど、全然そんなことなかった。試しに缶をつぶして渡したの。そしたら大丈夫だったのよ」

意外にも無計画なふるまいだったらしい。

「妙子さんが現れたとき、逃げなかった理由がわかったわ。あの人、あたしが先週突進した女だって気づいてなかったのね」

そういえば男は妙子が現れて初めて、安江を意識したようだった。それまでは気にも留めてない風だったのに。

つまり、同一人物だと気づいていなかった――？

「あんた、今化粧してへんから」

妙子は吹き出した。失礼ね、とばかりに安江は肩をそびやかす。

「安江さん、さっき、私が、ナイフ、出すと、思たやろ？」

笑い涙を浮かべ、妙子は息継ぎしながらたずねてみる。

「だってこの間、目を爛々《らんらん》とさせて研いでたじゃない」

「切れん刃物使うと、料理がマズうなる」

「本当かしら。脅してしゃべらせようと思ってなかった？」

「人聞き悪いな。そんなん言うたら、ごはん食べさせへんでぇ」

「いやーん」

安江はイヤイヤをするように、両腕をぶるんぶるんと震わせる。ぶりっこおばさんの面目躍如だ。

ひとしきり笑ったふたりは、冷えた身体を手でいたわりながら、立ち上がろうとした。そしてふたり同時に地面にひっくり返る。

脚がしびれたのだ。とても激しく。だってかなりの間、しゃがんでいたのだから。

そんなわけで妙子と安江は、お互いにお尻についた土を払い合う羽目になったのだった。

妙子が朝食の支度をしていると、四賀の部屋にいた女の子が食堂に入って来た。案の上、洟《はな》をぐずぐずさせている。

「まだおったんかいな」

もう七時になる。とっくに帰ったと思っていた。

「タクシー代もらえへんたんか？」

「もらったよ」

カーキ色の迷彩柄の上着にクリーム色のミニスカートをはいた女の子は、夜中よりずっと子供っぽく見えた。

「ちゃんとシたからさ」

なんとまあ。

あんぐりだ。部屋に戻った四賀はコトに及んだのか。

「もっと自分を大切にせんとあかんで」

「大切にしてるよ。自分の気持ち大切にしてるから、待ってたんじゃん」

妙子は思わず笑ってしまった。

自分もこんな風に見られていたのかもしれない。十年間も姿をくらませたままの亭主を探す自分と、不実な男を慕う女の子に、たいした違いはない。

「おばちゃん、わかってくれたじゃん」

女の子はそう言って、かわいいくしゃみを四回もした。

「あんなかっこでアイスキャンデーみたい食べるしや」

気づくと妙子は六人分の朝食を作っていた。女の子も人数に入れてしまったのだ。宿泊者でない者に朝食を提供するなと、安江に小言を言われそうだ。

「これ食べ。一食五百円、いや、三百八十円にしといたるわ」

妙子は食事の載ったトレイをカウンターに置いた。安江のように、ついふっかけそうになった。

今朝の献立は、ホタテ貝柱と銀杏《ぎんなん》の茶碗蒸しに、ほうれん草とじゃがいもの味噌汁、焼きシシャモ、たまたま近所の専門店で見つけた日野菜《ひのな》の漬物とごはんである。身体が冷えたので、だし巻きの予定を茶碗蒸しへと変更した。

おずおずとトレイを受け取りにきた女の子は、カウンター前のテーブルに、こちらを向いて座った。無言で箸をとっている。

「食べる前には、いただきますて言わな」

たしなめられ、女の子は小声で「いただきます」と唱えた。

「あんた、どこに住んでんの？　ほんまはここから近いとこ違うか？　根津とか西片とか、えーと、本郷とか湯島とか」

妙子は知ったかぶりする。それ以外の地名は知らないくせに。

「住んでるとこなんてないよ」

「え？　どういうこと？」

「友だちンとことか、ネットカフェとか、テキトーに寝るの」

「家は？」

「ないよ」

首元がざわっとした。

「お父さんとお母さんは？」

「どっか行っちゃった」

女の子は握り箸で日野菜をつまんで目の前に掲げた。しげしげと見つめてから口に入れる。

「家なき子っちゅうわけか？」

女の子は首をひねった。フランスの小説もテレビドラマも知らないのだろう。

妙子はそれ以上質問できなくなった。こういうホームレスもあるのだ。暗い影が心に落ちる。

「このお漬物、ラディッシュ？」

根なし草生活を別段苦にしてなさそうな女の子を前に、妙子は自分に言い聞かせる。この子はつらくないのだ。好んで今の生活をしているに違いない。そう思わないと、自分がつらい。

「……それは日野菜。滋賀県の日野町ちゅうとこの伝統野菜。おいしいから、天皇さんが『桜漬け』て名づけはったんやで。ちょっと苦いような、辛いような味やろ」

「そだね。人生みたいな味だね」

若い娘が発するとは思えないセリフだ。「自分で選んだ生活じゃないよ」。そう言われた気もした。

「おはよう」

メイクとファッションをビシッとキメた安江がやって来た。女の子ははじかれたように立ち上がり、安江の脇をすり抜けて玄関へ向かう。出て行けと命じた人が現れて、居心地が悪くなったらしい。それにしても、夜中の顔と今の顔を同一人物と見極められるとは、さすがに女は違う。

「朝ごはんあげたのね」

安江は厨房に向かって声をかけた。

「ちゃんと五百円もらいました」

「ふふ。嘘ばっかり。そんなことしてないくせに」

安江が戻してきたトレイに、妙子は密かに安堵《あんど》した。どの食器も空になっていたからだ。

「おはようございます」

女の子と入れ替わるように、池花が現れた。

「妙子さん、今朝も顔色がいいですね。はつらつとした肌つやは、むきたてのゆで卵のようです。安江さん、そのセーターは桜の花びらで染めぬいたような美しさだ。季節は秋。

秋の桜と言えばコスモス。さながらコスモスの化身のような艶《あで》やかさです」

なんで安江はコスモスで、自分はゆで卵なのかと妙子は思うが、この人に反論すると長くなる。

「池花さん、夕べはごめんなさいねぇ。うるさくて眠れなかったでしょ?」

安江はうふっとはにかんでいる。

「ん? 昨夜なにかあったんですか? いや、実は夜中に忍から連絡があってね。今まで病院にいたのですよ」

池花は騒ぎの最中は不在だったのか。どうりで無反応なはずだ。

「忍さん、具合悪いの?」

「いえ、そうじゃないんです。今夜は心細くて寂しくて死んでしまいそう、なんて電話をしてくるものですからね。ウサギじゃあるまいしと叱ったんですが、駄々こねましてねえ。しょうがないから様子を見に行ったら、朝までつきあわされたってわけですよ」

池花はうれしそうにのろけている。

「そうそう、玄関ホールの床に鍵が落ちてました。あと五百円玉も一緒に」

思わず顔を見合わせた女ふたりに、池花は持っていた鍵と硬貨を差し出した。

5

「やっぱり私、無理や。ひとりで入るの」

「だからあたしが、ついて来てあげたんじゃない」

「一緒に入ってくれんの？」

「帰れって言うの？　幼稚園の送り迎えじゃあるまいし、ここまで来たら一緒に入るわよぉ」

さすがにジャージではないが、妙子は紺色パンツに卵色のセーターとラフな姿だ。一応眉も引いて唇に色はのせたが、どこが変わったかと聞かれると返答に困る。

もちろん安江はラメが散らばる漆黒レース付きのアンサンブル。ボトムは白いパンタロンで、ゆれる黒真珠のネックレスが怪しげにネオンを反射させている。袖口からのぞくギプスも、ゴージャススタイルにずいぶんなじんできた。

「やっぱりやめよ。どんな顔したらええか、わからんもん」

「東京初日は人の顔見まくってたくせに、今さらなに言ってるの」

「水龍（すいりゅう）」の前で押し問答するふたりの傍を、スナックのママ然とした着物姿の女性がかすめて行った。

水龍の看板や漆喰《しっくい》の壁はいかにも新しく、建材がここまでにおってくるようだ。しかし光成がインターネットで調べてくれたところによると、創業四十年以上らしいから、改装したばかりなのだろう。

時刻は午後八時半。光成に寮の電話番を任せ、女ふたりは夜の湯島までやって来た。一帯はそこはかとなく昭和の香り漂う、ビルのはざまの飲み屋街だ。

春日《かすが》通りと並行する通称お化け横丁を、湯島の天神さまに向かって歩き、かくかくかくっと曲がったところに水龍はあった。光成が印刷してくれた地図の通りだった。

「そんなに嫌なら、先にあたしが入ってみましょうか？　もしダーリンがいたらメールするわ」

「顔わかる？」

「わかるわよぉ。写真の色男を十三歳老《ふ》けさせればいいんでしょ」

とたんに妙子のためらいが消えた。

写真を老けさせると言うが、脳内変換はそんなに簡単なことじゃない。現に長年逃亡生活を続けた指名手配犯の加齢による予測顔貌《がんぼう》と、実際に逮捕されたときの顔つきは全然違うではないか。専門家すら当てられない変化を、本人に会ったことのない安江にわかるはずがない。過去に長い時間を共にした者にしか、昔の面影は感じられまい。

「いや、私も入る」

態度を豹変《ひょうへん》させた妙子に驚きながら、安江は引き戸を開けた。

「いらっしゃいませ」

外観に反し、店内は使いこまれた柱や調度品で、歴史を感じさせる意匠だった。

奥にL字のカウンターがあり、のれんに隠れた左側が厨房となっているようだ。働いている男性料理人はふたり。八十がらみかと思われる眉毛の長い大将と思《おぼ》しき人物と、中年というには早いくらいの色の白いのと。もちろん秀一ではない。安堵と落胆が妙子の心に広がる。

「ほんまに、こんな店で働いてたんやろか」

手前はフロア席だ。小上りはなく、全部で十八席。水曜の夜だが、客はそこそこ入っている。いずれも背広姿のオヤジばかりで、平均年齢も高いが、値段も高そうだ。

着物を着た女性店員に案内され、カウンターの対面にあたる壁際のテーブル席に着いた。料理人の顔を見ることができるよう、妙子が壁を背にする。

「やっぱりおらんわ」

「奥が調理場でしょ。そこにいるのかも」

メニューを開く。

「あ、出て来た」

妙子の言葉に、安江はさりげなさを装ってふり向いた。

茶褐色ののれんの向こうから、深皿を手にした若い料理人がきびきびと現れた。しばらく様子をうかがったが、料理人はその三人だけのようだった。

もし秀一がいたら、どんな顔をしたらいいだろう――。

夕べはあまり眠れなかった。簡単に会えると思ったわけではないが、どこかで期待していた。偶然とはいえ、ここまで順調に情報を得られたからだ。

「どうするぅ？」

「私は大丈夫やけど、あんた食べられんのか？」

ふたりは寮で夕食をすましている。

「そういえば妙子さんって飲めるんだっけ？」

「うん」

「なにが好き？」

「ビール」

「どれにする？」
「和食やと、こっちかこっち」
メニューを指差しながら協議し終えたふたりは、手をあげて女性店員を呼んだ。
「サッポロ黒ラベルとグラスをふたつお願いね。料理のおすすめはなにかしら？」
「本日は鳥取県産のアカムツがございます。別名ノドグロとも申しますが、脂がのってい
ますので、お刺身でも塩焼きでもよろしいかと。他は青森県産の特大の鬼カサゴ、から揚
げでいかがでしょう」
「ほな、ノドグロのお刺身とカサゴのから揚げ」
その場では異を唱えなかったが、店員が行ってしまうと、安江は不安げにささやいた。
「から揚げは重いわよぉ」
安江はおくびをこらえて、煙草に火をつける。ほんの二時間前に寮で食べた献立は、ア
ジのしそ巻きフライに、ポテトサラダ、小松菜としめじのピリ辛和え、豆腐ときぬさやの
味噌汁に栗おこわであった。
じゃがいもと栗は、光成の差し入れだ。滋賀の北西部にある光成の実家は、田畑はもち
ろん、小さな山も所有しているらしい。寮に料理のできる賄《まかな》いさんが来たと聞いた親が、
段ボール箱いっぱいに送ってくれたのだ。光成をよろしく頼むという意味も兼ねているの

だろう。いい年をした息子を、まだ案じているのだ。

「あたし、お刺身ひと切れでいいわ」

隣の人のテーブルに並ぶ、飴色《あめいろ》も鮮やかなキンキの煮つけを横目に、安江はうらめしそうだ。

「お待たせいたしました」

ビールの中瓶とお通しが運ばれてきた。安江は煙草をもみ消す。

小さく乾杯をしたふたりは、グラス半分を一気に空けた。秋も深まり空気が乾燥してきた分、苦味の利いたビールがうまい。

「今は忙しそうだから、落ち着いてから聞いてみましょ」

骨折の回復にアルコールはひびかないのか妙子は案ずるが、当の本人はどこ吹く風だ。

「この店で働いてたのを知ってるということは、昔は出入りしてたんやろか、あのおっさんは」

「道で見かけただけかもしれないし、わかんないわねぇ」

確かにホームレスに関してなにも知らないのに、あれこれ推測しても意味がない。

「この辺は昔からの飲み屋街って感じやな」

「東京大空襲のときは焼け野原になったのよ。風向きのおかげで天神さまの周りは無事だったって、おばあちゃんが言ってた。戦後上野に闇市ができて復興したらしいの。あたしがちっちゃいときは、この辺もにぎやかだったわぁ」

滋賀は大阪の疎開先になったくらいだ。さすがに太平洋戦争末期には爆撃を受けた工場や駅も出て、いくらか死者もいたようだが、民家が焼かれるなどの被害はなかったと聞いている。

「安江さんはこの辺の人か？」

「あたしは白山の生まれ。母は学生さんを家で下宿させてたの」

「へえ」

「妙子さんは生粋《きっすい》の滋賀の人？」

妙子は滋賀の南部で生まれ育った。両親は農業に従事し、妙子もひとつ上の姉も小さなころから農作業を手伝った。

暮らし向きは楽ではなかった。クラスの七割方が高校へ進学するようになった時代、妙子は高校へ行けなかった。だから特段大きな夢も見ず、どこか違うところへ行きたいと考えたことはない。

「そう。百姓の子」

安江はそれ以上問わず、グラスを空けた。生い立ちを詮索されるかと覚悟していた妙子は拍子抜けする。だがすぐに、この人は意外と濃《こま》やかな気遣いができるのだと思い直した。ホームレスへの対応がそうだった。

「このゼリー、おいしいぃ」

お通しはすっぽんの煮凝《にこご》りである。うまくないわけがない。

ビールのおかわりを注文した。

「あの路《みち》、なんでお化け横丁っていうの？」

「昔、あの辺に置屋がたくさんあったの。そこにいる芸者さんは昼間すっぴんでしょ。でも夜になると見事に化けて出て来るじゃない。口の悪い人が、お化けが通るって言ったのよ。だからお化け横丁」

「ほな、安江さんにぴったりの横丁やな」

「ひっどーい」

軽口をたたいているうち、ノドグロの薄造りと鬼カサゴのから揚げが運ばれて来た。

「おいしそうねえ」

おばちゃんたちは目を輝かせて箸をとる。本来の目的を忘れてしまいそうだ。

「うんうん、うんうんうん」

うまい。

ノドグロのねっとりした身が、わさび醤油とともに舌にまとわりつく。からりと揚げられた鬼カサゴの皮目と、紅葉おろし入りポン酢の奏でるハーモニーがたまらない。

「ねえ、豚の角煮どう思う？」

「あんた、キンキの煮つけ見てたんちゃうの？」

「シマアジのお刺身。これは外せないでしょ」

「蟹《かに》のオムレツゆずソース添えってどんなんやろ」

食欲の秋である。ましてやうまいものは別腹だ。

胃袋に火がついてしまったふたりは、それらを全部注文した。妙子はもともと大食らいだが、なんのなんの。安江も負けず劣らずの健啖家《けんたんか》であった。

むしゃむしゃと料理をほおばるうちに、ラストオーダーの二十二時半も過ぎ、いつの間にか客は妙子らだけになっていた。

満ち足り過ぎた腹をさすり、ため息をつく。さっきの女性店員は姿を消し、あと片づけのために、料理人が厨房とカウンター内をさかんに行き来している。

「先にお会計をよろしいですか？」

一番若い料理人がテーブルに伝票を置いて行った。妙子はバッグから財布をとり出す。上野で落とし、舞い戻ってきたあのボロ財布だ。

「赤い財布は金貯《た》まらんって言うもんな」

付き合い始めて間もないころ。春だった。

秀一とふたりで平和堂の一階をぶらついていた。売場では財布のワゴンセールをやっていた。春に買う財布は「張る財布」だと妙子が話すと、秀一が急に「財布買《こ》うたる」と言い出したのだ。

「どれにしよう」

思いがけないことに、妙子はウキウキドキドキと品定めをした。素材、デザイン、色、使いやすさ。値段にさしたる差のない中で、若かりし日の妙子が迷いに迷って最終的に候補にあげたのは、桃色と赤色の財布だった。心は赤い方に傾いていたが、少し値段が高かった。

「火の車」につながると言い訳し、赤い方をワゴンに戻した。自然に演技したつもりだったが、秀一は戻した赤い財布をつかみとり、ずんずんとレジの方へ歩いて行った。

本音を見抜かれたのがうれしかった。男に想われるとはこういうことかと、幸せを噛みしめた。

思えばこの赤い財布が江州が火の車になった原因だったかもしれない。使わなくなったときに、スパッと捨てればよかったのに。しかも今になって引っぱり出すなど、おセンチにもほどがある。おっと、こんな大死語を使っているようじゃ、東京の人にバカにされてしまう。

「なに、財布見つめて、ニヤニヤしてんのよぅ」

酔いの回った安江は、いつもよりもおっとりと問う。

「落とした物が戻ってきたときの感動を反芻するのは、わからなくもないけどねぇ」

妙子は苦笑した。安江に「愛が冷めていない」などと言われたものだから、ついその気になっている。区切りをつける覚悟で上京したというのに、こんなにのんきな気分でいいのだろうか。

若い料理人がおつりを持って来た。

「つかぬことをうかがいますけどねぇ」

安江は話しかけた。

「寺島秀一さんって人、ここのお店で働いてない？」

「いえ、いないです」

若者らしい即答だ。

「五年前かもしれないし、十年前かもしれないの」

「……ちょっと、聞いてきます」

若者は奥へと消えた。

すぐに誰か出て来るものと思ったが、厨房前ののれんはそれから揺れる気配がない。最後に供された熱いほうじ茶を飲むと、妙子の酔いは急速に醒めてきた。

少し不安になってきたころ、和帽子をとった一番年かさの料理人が、やっとふたりのテーブルへとやって来た。

「人をお探しで？」

安江と妙子を見比べながら、店主らしき男は問う。ふたりの服装のアンバランスを変に感じているのかもしれない。

「寺島秀一さんがこちらにいらっしゃると聞いたものですから」

「寺島秀一ね……。六、七年前に辞めたヤツが寺島って言ったっけなあ」

妙子はこっそり安江と視線を合わせた。六、七年前。秀一はそのときには東京にいたことになる。

「こちらでのご様子をおしえていただけませんか」

「ずいぶん昔のことだからねえ」

大将は額に手を当てた。

「実は私たち、寺島さんを探してるんです」

「おたくら、寺島とどういう関係?」

余計なことに巻き込まれはしまいかと警戒しているのかもしれない。

「この人ですよね?」

手帳から抜き取った写真を見せつけるように妙子が差し出すと、大将は太い指先で軽くつまんで、吟味するように目をすがめた。

「ああ、こいつね」

大将の老いた瞳が鈍く光った。

「あの人のことをおしえてください。私、寺島秀一の女房なんです」

若い衆らを先に帰らせ、大将はほうじ茶が入った大ぶりの湯呑を三つ運んで来た。そして妙子らの隣のテーブルの椅子に、よっこらしょと腰を下ろす。

「年だねえ。座るたんびに、やっと座れたーって思っちまう」

大将の刈りこんだ灰色の髪の間からは、頭皮がよく見える。

「立ち仕事は大変ですもの。若くたって疲れるわぁ」

安江がお愛想を言う。妙子はもうそんな余裕がない。

「あいつが家《うち》に帰ってなかったとはなあ」

「え？」

「寺島さんは故郷に帰るって言って、辞めたからよ」

「ええええっ？」

声が裏返る妙子に、言い訳するように大将は続けた。

「いやいや、適当な理由だったのかもしれねえ。実はあいつの退職には事情があるんだ。ええと、最初っから話したほうがいいやな、こりゃ。実はこの店は俺で二代目なんだ。跡継ぎのいなかった先代から譲り受けたものでね。かく言う俺にも娘しかいないし、この世界と関係ないヤツらと結婚したしでね。いずれは誰かに譲らなきゃなんないと考えてた」

大将は顔をしかめてお茶をすすった。いい話ではない予感がする。

「寺島さんが来て間もなく、俺ぁ病気してねえ。本当ならしばらく店閉めなきゃいけなかった。他に若《わけ》ぇのがいたんだが、もひとつ頼りにならなくてなあ。あきらめてたところに、寺島さんが『自分でよかったら留守をあずかる』って言ったんだ」

江戸っ子丸出しの人間の口から、滋賀県人である秀一のことが語られるのは不思議な感じだった。

「正直迷ったが、客足が遠のくのも嫌だった。だから、やらせてみっかって」

「腕は信用できるって、すぐわかったんですね」

安江の質問に、大将はこっくりとうなずく。

「だしの味に敏感でね。さすが関西でやってただけのことはあった」

ほめられ、妙子は肩の力が少し抜ける。

「赤いこんにゃくだっけ、あいつ、滋賀の料理も作ってたよ」

「え？　ほんまですか？」

つい大きな声が出てしまった。江州も失敗し、自分にも諭され、秀一は近江料理に見切りをつけたとばかり思っていたからだ。

「鮒《ふな》寿司は？」

「ああ、あれね。滋賀から取りよせてたけど、結局うちじゃ出せねえってことになったな」

塩漬けしたニゴロブナの腹に飯を詰め、樽で熟成させた鮒寿司は、滋賀の名産品だ。くさやに負けない独特の強い臭気に、好き嫌いがはっきり分かれるが、子供のころから好物だった秀一は、手製の鮒寿司を江州で出していた。手間と費用がかかる割に、さほど注文が入らなかったため、自家消費することが多かった。当時は妙子もせっせとお茶漬けにして、食べたものだった。

「……他に、なんか作りましたか？」

「……うーん。他ねぇ」

「焼き鯖《さば》そうめんとか、モロコの飴煮とか、ビワマスのお造りとか、イサザのジュンジュンとか」

「ジュンジュン？」

「すき焼きのこと。琵琶湖の魚をすき焼きにするねん」

安江の問いに妙子は素早く答える。

しかし肝心の大将の反応は弱く、難しい顔で「すまねえ、忘れちまったなあ」と頭をかくだけだ。

ということは、作ったにしろ作らなかったにしろ、需要はなかったのだ。ウケたのなら続けるはずだし、憶えているはず。

近江料理は東京でもダメなのだ。再トライした秀一は骨身にしみたことだろう。

「手伝いに入った女房も、最初はあいつをほめてたんだ。真面目だし、短期間でうちの味を覚えて、忠実に再現してるってね。入院中もしょっちゅう見舞いに来てくれた。そんな細《こま》けえ報告はいいって言っても、いちいち俺に話を通す。すっかり情にほだされてねえ。

寺島がその気なら、店任せてもいいかなと思っちまった」

確かに秀一は小さなことにこだわる性格だ。

「それとなくにおわせたら、寺島も色気を見せやがった。じゃあ正式にってときよ、若ぇのから、変なことを聞かされちまったのは」

秀一は呼び捨てにされ始めた。乱暴な口調に、妙子は身構える。

「そいつ、寺島は自分と全く口を利かねえって言ったんだ」

妙子は思わず目を閉じた。

「それまでは一緒に酒飲んだり、冗談言い合う関係だったのに、ある日突然シカトが始まったって言うんだ。気のせいかと思ったが、やっぱり自分だけ口を利いてもらえない。理由はさっぱりわからない。寺島は、もうひとりの職人やホール係には普通に接してる。板場の雰囲気もあるし、本人は理由もたずねられずに、かろうじて仕事してたって言ったんだ」

またやったのか……。その行動こそ、あの人のものだ。

妙子はここで秀一が働いていたことを確信した。

「それまで自分は寺島さんとうまくやってたつもりだし、けんかもしていない。だから不可解としか言いようがないが、理由を聞ける雰囲気はない。仕事にならない。寺島さんがこの店を継ぐんなら、自分は辞めるって、こうよ」

大将は肩をいからせ、咳払いした。

「女房は気づきもしなかったらしい。ま、ちょっと抜けてるとこがあんだけどな、あいつは。ともかく年長者に無視されて、そいつは参ってた。どちらかと言うと、おとなしいヤツだったからね。さっぱり訳がわからねえから、俺ァ寺島に聞いてみたのよ。けど理由を言わねえ。男の沽券《こけん》に関わることだって、それだけよ。だったら女々《めめ》しいことしねえで、本人とはっきり話し合えって言ってやったが、変わらなかった。頑固だったねぇ。店を譲る話も白紙にしたよ。人間性に問題があっちゃあな。ヤツは不服そうだったが、身から出たさびだよ。それから間もなくだね。辞めるって言ってきたのは」

お茶をぐびりと飲み、大将は大きく息を吐いた。

「それっきりだ」

妙子は唇を閉じてうつむいた。気まずい空気が店内に流れる。

「このお店には何年くらいお世話になったんですか？」

静寂を破るように安江がたずねた。

「三年……には、ならなかったかなあ」

それでも秀一にしては続いた方だ。

「奥さんを前にこう言っちゃ悪いが、妙なヤツだったよ」

嘆息した大将に、妙子は思わず口を開く。

「あの人は、本当の友だちができない人なんです」

秀一は、いわゆる男の友情が続かない人間なのだ。同僚などとせっかく仲良くなっても、しばらくすると、なぜか自ら関係を断ってしまう。そして、断ち方はいつも同じだった。

突然相手を無視し始めるのである。

理由を聞いてみると、実にくだらないことが多かった。例えばこうだ。

あとで使おうと思っていた大根の残りが見当たらない。探していたら、「切れ端みたいええやん。新しいのを使え」と言われた。あいつはわしをバカにしている、許せない、となるのだ。このように本当に些細《ささい》なきっかけで、シカトは始まるのだった。

もちろん相手は、自分がなぜ避けられるのかわからない。当人は激怒、もしくは困惑する。そのうち周りにも知られるところとなり、あいつは変だと人間関係がぎくしゃくし、孤立する。そして最後には、秀一が店を辞めることになるのだった。

秀一が失踪する前、何度も店を替わった原因がそれだ。もちろん妙子は、秀一が店を辞めたあとで理由を聞かされるから、なだめることも、とりなすこともできなかった。

だが妙子は、そうしたきっかけは単なる口実だと、次第に察するようになった。理由はもっと別のところにある。

秀一は自分の不甲斐なさを、他人に悟られるのが怖いのだ。

家業を嫌って料理人になり、近江料理店の成功を目指したが、結局ダメだった。自分はたいした器ではない。しかしそれを認めることは、秀一にとって屈辱だったのだろう。

人間親しくなると、お互いの弱さが見えてくる。秀一は、自分の非力を他人に知られることを恐れるあまり、極端な行動をとってしまうのだ。先に関係を捨てれば、自分の方が優位に立っていることを確認できる。そうすればプライドが保てる。

子供のころ、男親に認められなかった秀一は、同性におのれの弱さを見透かされることを極端に恐れているようだった。

「……そういうことかい」

妙子の話を黙って聞いていた大将が、同情するような、困ったような顔になった。

「寺島さんは直接店に来て、雇ってくれって言ったんですか？」

目を丸くして聞いていた安江が、さりげなく話題を変えた。

「そんなんじゃねえよ。紹介だよ」

「紹介？」

妙子と安江は身を乗り出した。

「誰誰のの？」

関西と関東のイントネーションでハモる。

「ちょっと待ってくれよ。確か名刺があったはず……」

大将は立ち上がり、厨房の奥へ入って行く。ほどなくしてのれんを割って、小さな紙片を手に戻って来た。

「この人よ」

株式会社　嵐華家《らんかや》
代表取締役　嵐皮祐樹《あらしかわゆうき》

大将が妙子らのテーブルに載せた名刺には、そう名があった。

「この人が料理を勉強させてやってくれってんで、俺も雇ったんだ」

「嵐華家さんって、聞いたことあるわ」

こめかみを押さえながら安江がつぶやく。

「嵐華家ってのは、こういう飲食の店をやってる会社でね。よくあるチェーン店みたいに、安かろう悪かろうで商売してねえんだ。料理人の腕を生かして、各店を個性ある店にして成功してる。確か今は都内に七つくらいあるんじゃねえかな」

名刺の裏を返すと、各店舗の住所と電話番号が細かな字で書かれていた。老眼鏡《めがね》を忘れた妙子には、そちらは全く読めない。

「あの人は、この社長とどういう関係なんですか？」

妙子はキツネにつままれたような心持ちだ。東京に縁もゆかりもない秀一に、どうして身元保証人のような役割を担ってくれたのだろう。

「たぶん自分の店のヤツだよ」

「この嵐華家さんのどこかの店で働いてたっちゅうこと？」

「そうだろうねえ」

「女と一緒やった形跡はありましたか？」

一瞬思案顔になった大将は、つくり笑いを浮かべた。

「憶えてねえなあ。こればっかりは、なんとも、ねえ」

赤くなって妙子はうつむく。

「社長さんのとこに行ってみましょ」

安江がやさしく言った。

「そうだよ、奥さん。社長を訪ねてくれ。俺より知ってるかもしれねえ。その名刺はどうぞ、持ってってくれていいからよ」

日付がいつの間にか変わっていた。壁にかけられた丸い時計の秒針は、なめらかに時を刻んでいる。

「すっかり遅くなっちゃって。お疲れのところ、いろいろありがとうございました」

安江をまねて、妙子もお辞儀した。

「いやいや、かまわねえよ。そうだ、もひとつ思い出した」

「？」

「寺島さんはよ、その辺に寝泊まりしてるやつらに、食いもんやってたことがあったよ」

秀一に、また敬称が付けられた。

「その辺て？」

「道っ端に寝てるやつらよ」

ホームレスのことだ。となると、あの男か？　妙子の脈は速くなる。

「店の裏でこそこそしてたんで、癖になるからやめろって注意したんだ。やめたと思ってたら、俺のいない間にも、何回かやってたらしい」

大将は指で鼻をかいた。

「若ぇのがたずねたら、『他人事だと思えない』って言ったってよ。あいつが辞めてから聞かされたんだけどよ」

妙子は胸を締めつけられる。秀一はやはり路上生活に身を落としそうになったのかもしれない。

「繊細でやさしい男だったんだな」

老主人は真顔で言い、湯呑のお茶をずずっと飲み干した。さっきのフォローをしているつもりだろうか。

帰り際、出入口で見送りながら、「俺ぁよ」と、大将はおもむろに切り出した。

「あんとき、寺島さんに店譲んなくてよかったと思ってるんだ」

そりゃそうだろう。女ふたりはきょとんとする。

「いやね、あんときゃいつ再発するか、いつお迎えが来るかって、ビクビクしててねえ。死ぬ準備に躍起になってなってた。焦ってたんだな。でも、まだまだ他人には任せらんねえ、板場に立たなきゃってなったとき、生きる覚悟ができたのよ。年も年だから引き際は考えなきゃいけねえ。だが、なんもしねえで待つのは死んだも同然よ。わざわざ自分から死ぬこたァねえやな。しょうがねえ、とことんやってやるかって腹くくったから、今日まで生きられたと思うんだ」

しゃがれ声の告白に、妙子の胸は熱くなる。

「しっかし、あんたみてえな健気な女房、放っとくなんてねえ」

さらなる大将のフォローに、十年間の悲しさやくやしさが和らいだ。秀一の失踪は、まるで妙子にも非があると言わんばかりの目が、周囲から向けられていたからだ。

「奥さん。これ言うの、迷ったんだけどよ」

大将がさらに思い切ったように口を開いた。

「旦那はあんたを迎えに行くって言ってた」

「迎えに？」

「ああ。東京で軌道に乗ったら、女房を迎えに行くって言ってた。飲んだときに聞いたんだがよ」

驚いた。そんなつもりがあったとは。

「いや、なんだ、俺がその機会をつぶしちまった気がしたから、黙ってたんだけどよ。わざわざ東京まで来て、旦那かばってツバキ飛ばしてるあんた見てたら、言わねえのもどうかと思ってよ」

大将は申し訳なさそうに頭をかいた。

妙子は無言で、大将に向かって深く腰を折った。なにか話すと涙がこぼれそうだった。

「ほんとごちそうさまでしたぁ。店もきれいにされたってことは、まだまだこれからって意気ごんでらっしゃるんでしょう？　どうぞがんばってくださいな」

安江はとびきりの笑顔を老店主に向ける。

「おうよ。まだまだやるつもりよ。気が向いたらまたよってくれ」

威勢をよくした大将にあいさつし、ふたりはその場を辞した。

真夜中の小路《こみち》を、女ふたりはゆっくり歩く。

妙子の心には、知らない人と深い話をしたときの、後悔の混じった不安と、あきらめに似た充実感が残っていた。

「大将が言うてはったホームレスは、あの空き缶の人かもな」

「あるいはね」

人は日々すれ違うだけの人間を記憶することなど皆無だ。しかし、何度も食べ物をもらえたなら、強く印象に残るだろう。でなければ、ホームレスが秀一の顔を憶えているはずがない。

「写真は直接渡したんかもしれんな」

「そんなことないわよぉ。わざわざ持ち出したのに、簡単にあげたりしないわ。絶対あの辺で落としたんですって」

安江に否定されると、本当にそう思えてくるから不思議だ。

「妙子さんを呼びよせるつもりだったのねぇ」

ぶりっこおばさんはうっとりと、ビルの谷間から夜空を見あげている。

本当にそのつもりだったのか。ではなぜ、結局迎えに来なかったのか。その件に関しては、まだ半信半疑な妙子である。

「あきれたやろ。子供みたいな人で」

「なに言ってるのぉ。男はみんな子供みたいなもんじゃない」

さらりと流した安江に感謝した。この人ははっきりとものを言うが、なんでも受け入れる心の広さがある。

春日通りに出た。安江はギプスに覆われた右手をあげ、タクシーを停めた。

「ヨシ子さん、ほったらかしにさせてしもたな」

先に車に乗った妙子は、安江に小さく詫《わ》びた。

「いいのよぉ、妙子さん、東京全然わかんないんだし。それに、おばあちゃんは、まだ寝てる時間だから大丈夫よぉ」

屈託のない笑顔にまた気が楽になった。こんな人探し、ひとりじゃ到底できっこない。

「次は、その、社長の、ところねぇ」

妙子の手元の名刺に目をやり、安江はあくびをかみ殺した。

6

翌朝五時半に目覚めた妙子は、いつものジャージの中に長そでTシャツ、下はスパッツ（実はカルソン、もしくはレギンスかもしれない）を身に着けた。靴下と紺色の内ばき用のスニーカーをはき、厨房に向かうため、部屋を出た。

秀一は「滋賀に帰る」と言っていたらしい。しかし、大将の言うように、最初から帰る気はなく、店を辞める口実だったのかもしれない。

近江料理を作ったということは、秀一は江州と同じ店をやりたかったのか。懲《こ》りない人だ。意地になっていたのかもしれない。

それにしても身元保証人とは驚いた。秀一はその人と、どんな交流を持ったのだろう。

ぐるぐると回る疑問をぬぐうべく頭をふり、階段の手すりに手をかけた。なにやら声が聞こえる。誰もいないはずの三階から降りてくる。

「……いっち、に、いっち、に」

ひとりは絶対光成だ。もうひとりは年よりっぽい。

コの字形階段を中央から見あげた。薄暗い中、小柄な老女が手すりを頼りに降りて来る。やはり光成が付き添っていた。

「なにしてんの？」

光成も老女も脇目もふらない。まるでリハビリでもするように一段一段、階段を踏みしめている。

「いっち、に、いっち、に……」

見る間に老女は妙子の前までやって来た。薄い銀色の髪を、後ろで団子状にまとめている。年のころは八十代後半、いや卒寿を迎えているのかもしれない。

「邪魔だよ」

老女は妙子を見あげてはっきりと告げた。

「すんません」

意外にシャープな眼光に射られ、思わず道をあける。光成に付き添われ、老女は、「いっち、に……」と、また階段を下ってゆく。

「新しいコーチかい？」

老女はふり向きもせず質問した。

「違う違う、コーチは僕や、ヨシ子さん。あれはぁ、新しい、賄いの、おばはん」

光成が噛んで含めるように説明した。妙子は自分の衣服に両手で触れる。確かにスポーツをする人に見えるだろう。

「なんだ、食堂の人かい」

「寺島です。よろしくお願いします」

成り行き上、あいさつをした。

「ヨシ子さん。一階に着いたら、メシやで」

光成は妙子にかまわない。いちいち癇《かん》に障る男だ。

「今日は五周する約束だろ？　まだ二周しかしてないよ」

「もう五周目やで」

「おや、いつの間にそんなに回ったかね」

「回った回った。これ以上やったら、明日身ぃはって動けんようになるよ。トレーニングは、毎日、少しずつ、コツコツと」

光成はやさしく諭している。

誰にでもそういう風に話せばいいのに。思いながら妙子は、ふたりのあとについて、階段をゆっくりと降りた。

ヨシ子がじっとこちらをにらんでいる。

「ごはんはまだかい？」

「おーい、メシまだかてよー」

ヨシ子の向かいでふんぞり返る光成は、質問をそのまま投げてよこす。光成の指定席である窓際後方のテーブルにふたりは着いている。

「今作ってますー。もうちょっと待ったってくださいよー」

声色もやさしく、大きな声で妙子は答えた。

予想通りヨシ子は安江の姑であった。夜明け前に「身体を鍛える」と言い出したので、嫁が寮に連れて来たらしい。

「あたしゃ、飢え死にしそうだよ」

「おーい、早う、ごはん、お願いしますー」

スマホをいじっているのか、光成はふり向きもせずに催促する。

「安江さんは、すぐ家に戻ったんか？」

「そ」

朝の五時前から、光成はヨシ子の筋トレにつき合っていたという。

「いつもコーチやってんの？」

「たまにな」

「ほんまに五周もしたんか？」

光成は無反応だ。

周回数はごまかしているのだろう。が、これが安江の言う「頼りになる」の本当の意味だったのか。確かに姑の世話を昼夜問わず手伝ってくれれば大助かりだ。こいつも宿泊費を多少は負けてもらっているのかもしれない。

「おはようございます。おや、ヨシ子さん。お久しぶりですね」

池花が食堂に現れた。黒のタートルにブリティッシュグリーンのVネックセーター、チャコールグレーのウールのズボンと、今日はシックな装いだ。

当のヨシ子は池花の姿が目に入らないかのように、無言で窓の方に目をやった。さっきは意外と耳は遠くない気がしたのだが。

「光成君、おはようございます」

光成は池花と目も合わせず、ひょこっと、あごだけ動かした。

「なんやの、その態度」

年長者に対して失礼な。見かねた妙子がたしなめる。

「あー眠た」

光成はごまかすように素早く立ち上がり、食堂から出て行った。

ヨシ子の世話を引き受けたにしては無責任だ。もしかしてこちらにバトンタッチしたつもりか。立ち去るコーチをヨシ子は見送りもしないけれど。

「ほんまに、あの男は……」

「はっはっは。トレーニングに熱が入りすぎたんでしょう」

池花は窓際前方のテーブルに軽く腰をのせた。

時刻はまだ六時二十五分。池花は毎日七時十五分きっかりに降りて来る。

そうか、彼の泊まっている部屋は階段の目の前だ。

「かけ声がうるそうて、目が覚めたんですか？」

言い終え、妙子は慌てて自分の口を押さえた。が、当のヨシ子はどこ吹く風で、相変わらずぼんやりとも凝らしているとも判別のつかない視線を窓の外へ送っている。

「まさか。ランニングされているわけじゃないからね。今朝はキリッと冷えた空気に、脳の覚醒《かくせい》が誘《いざな》われたんです。華厳《けごん》の滝壺に身を投じられたとしても、こんな目覚め方はしないでしょう。体温が下がって頭が冴えています。脳に障害を負ったときは、身体を冷やした方が脳細胞のダメージを防ぐことができると言いますからね。今日は忍に気の利いた言葉をかけてやれそうだ」

どうやら寒くて起きてしまったようだ。おととい布団を干したとき、池花の分がまだ夏がけだったことを思い出す。

「布団、冬のもんに替えたらどうです？」

押入れには冬用の布団や毛布が準備されている。

「ん？　そうか、布団か。なるほど、布団が薄かったのかもしれない。さては妙子さん、あなたも寒くて目が覚めたのかな？」

布団の上げ下ろしは宿泊者本人が行っている。近江寮には四度目、今回は三か月以上も滞在しているのに、彼は今までなにを見ていたのだろう。

「私は温《ぬく》とい布団で目が覚めました。池花さん、忍さんのご機嫌はずっと斜めのままま？」

池花のパートナー忍は、現在次の抗がん剤治療に向けて準備中だ。しかし、なかなか回復しない体力に焦燥感を募らせ、周囲に八つ当たりをするらしい。

「ふっ。斜めだったり水平だったり。言うなれば忍の心はとびこんだが最後、行方の知れないバミューダ・トライアングル。その重心も垂心も、どこにあるのかわからないってやつですよ」

妙子もその説明がわからない。が、かなり荒れているということだろう。

「食欲が戻らんのですか？」

「そう、だから食べられない。食べないことには体力はつきません。体力がないと治療ができない。治療ができないと死んでしまう」

「点滴は？」

「しています。でも口から食べるのが一番だと医者は言います」

妙子はうなずいた。

ヨシ子は微動だにしない。もしかしたら関心のないことは耳に入らないのかもしれない。

「私も働いてる病院で、そういう人、見たことあるわ」

「え？　もしかして、妙子さんはお医者さんなんですか？」

「んなアホな」

そんな人間がこんな格好で朝から飯を炊くわけがない。とも言い切れない昨今だが、池花の発想は妙子の理解を超えている。

「いや、つい藁《わら》にもすがる心持ちで、誰か助けてくれないかと考えるものですから……。と言うのも、忍をつらい目に遭わせているのは、他ならぬ僕だから」

「どういうこと？」

「滋賀で、もう効果の期待できる治療はないと通告されたのです。でも僕は絶対あきらめたくなかった。いろんなツールを駆使し、今の医者を見つけ、忍を東京に連れて来たのです」

妙子は神妙な面持《おもも》ちでうなずく。

「忍がいなくなることは考えられない。僕たちはもう二十四年になるのです。孤独だった僕の目の前に忍が現れたのは、ある冬の日のことでした――」

ある花屋に立ちよった四十一歳の池花は、当時二十九歳だった忍と運命的な出会いをしたという。それからふたりは、池花の家に忍がころがりこむ形で同棲を始めた。三年が過ぎたころ、互いの両親に相手を紹介したが認められなかった。以来ふたりは、どちらの実家にもよりつかずにいるらしい。

妙子は深くため息をついた。よくある出会いを大げさに長々と聞かされたからではない。身内に祝福されなかったことが、身につまされたからだ。

ふすまの向こうの秀一親子の言い合いに、身を硬くする三十年前の自分がよみがえる。

「うちは江戸時代から続いとるんやで。代々のもんが先見の明をもって努力してきたから、会社もこんだけになったんや」

「わしには先見の明がないて言いたいんか」

「そんなどこの馬の骨か知らん女に引っかかったんが、なによりの証拠やないか」

やや間があった。言い返してくれない秀一に一瞬不安になった。

「年増《としま》で学もない上に、産婦人科で下働きしとるそやないか。ああいうとこは、めでたいことばっかしちゃうど。見んでもええもん、見るんやど」

背中がヒヤリとした。

「わしかて、見んでもええもん、いっぱい見とる」

「男と女を一緒にすな。そういう分別のないことやから、あかんのや。お前がもっとしっかりしとったら、うち継がしちゃるのに」

「頭をすげ替えるだけの社長の座みたい、こっちから願い下げじゃ」

「青二才が偉そうに」

初めて秀一の生家を訪れた日。一張羅《いっちょうら》のワンピースの裾から出た膝小僧は、芋が粉《こ》を吹いたように白かった。

寺島家は近江商人に端《たん》を発する家である。寺島家は海産物、絹織物、生活雑貨などを手広く扱い、いち早く北前船も所有した。

明治の世になり、北前船が役目を終えると、慣れ親しんだ秤《はかり》に目をつけた。幕府が秤の製造・検定を許可した「秤座」の家と親しかった寺島家は、その筋に移行し成功した。

現在の「テラシマ株式会社」である。

秤は人の生活につきものだ。定規や教材用の天秤はもちろん、スーパーで使われる秤つきレジスターや、血液検査の測定装置にまで手を伸ばし、テラシマは地元の優良企業となった。その御曹司が秀一だった。

テラシマの社長である父に、長男秀一は幼いころから反発した。会社は継がぬと言い放ち、料理人になるため、二十歳のときに大学を中退して家をとび出した。あきれはてた父親は、息子が連れて来た婚約者を生涯認めることはなかったのだ。

「もうごはんができるし、細かいことは省きますけど、私も結婚するとき、親に大反対されたんよ」

妙子の両親も秀一を認めなかった。

結婚前、妙子は秀一の子を三度堕胎した。秀一が望んだことではなく、自分だけの判断だった。彼はまだ修業中の身だ。育児には金がかかる。あの人の重荷になりたくなかったし、妙子自身も母になる覚悟ができていなかった。

産婦人科医院では、日々闇から闇へ胎児が葬られていた。割と当たり前のことなんや。若く愚かだった妙子は、堕胎を簡単なものだととらえてしまった。

三度目の処置のあとの不調が長引いた。やむなく医院の寮から実家にころがりこみ、両親の知るところとなった。

秀一は鬼畜とみなされた。嫁入り前の女を孕《はら》ませた上に、三度も堕ろさせるとは。娘が説明しても、お前は騙《だま》されているとにらまれた。当然結婚など許してもらえなかった。

「勘当みたいなもんやったわ」

皮肉なことに結婚後は身ごもらなかった。度重なった処置が身体に悪影響を残したのだろう。けれど妙子は満足だった。それほど秀一が好きなのだと、身をもって示せたからだ。

近江料理店を繁盛させ、近江商人の誇りをもつ父親を見返したいという秀一を懸命に支えた。なんのとりえもない自分のような女に求婚してくれた男に、恩返しがしたかった。

けれど苦労は報われなかった。店はつぶれて負債が残った。妙子は借金返済のため、病院の仕事をまた始めた。

再び店をやっても秀一は失敗する。父親を見返すなど、もういいではないか。生活を守るのが先決だ。近江料理など忘れて雇われの身になれ。そう夫を説得した。

秀一は妻に言われた通り、毎日外に働きに出た。

そしてある日、出かけたまま、行方がわからなくなった。

急に黙りこんだ妙子に遠慮しつつも、池花は話を再開する。

「……忍はね、食欲もさることながら、舌が完全にイカレたから困るんです」

「舌がイカレた？」

池花の口からそのような粗暴な言葉が出るとは思わなかった。

「この間など、食べてみたいと言うので、わざわざ赤坂《あかさか》にある洋食屋の和牛ステーキ丼を買って行ったのです。あ、僕たちの家の近所においしいステーキハウスがあってね。琵琶《びわ》湖《こ》を眺めながら食事ができるんです。そこの近江牛のステーキ丼は忍の大好物なのです。上にちょこんと西洋わさびが添えられて、たれが絶品で」

「えらい高そうやな」

「あいつは昔から食い道楽でね。関西はもちろん、ホタルイカが食べたいとなれば氷見《ひみ》漁港まで車をとばし、フグが食べたいとなれば下関《しものせき》まで特急に乗った。今回は、さすがに滋賀は無理なので、赤坂で妥協したんやけれど……」

声がかすれたかと思うと、池花は乾いた咳をした。妙子は急いで番茶の準備をする。

「し、げほっ。失敬。……忍は喜んで箸をとりました。僕は期待をこめて見守りました。愛しい人がおいしそうに食べる姿を見たかったから。だって食べるという行為は、生きたいという証そのものでしょう？」

妙子は無言でうなずく。

「効くかどうかもわからない治療はもうしたくない、このまま死んでもいいと言う忍に、もう一度希望を持ってほしかった。生に対して貪欲になってほしかった。なにより僕のために……」

再び呟きこんだ池花に手招きし、妙子はカウンターの上に湯呑を置いた。池花は会釈しながら近づいて来る。

「ありがとう。妙子さんは本当に気のつく人ですね。僕とは大違いだ。……ああ。なんておいしい番茶なんや。胃の腑《ふ》のみならず心の中まで温めてくれる。僕も忍にこんな風にできたらいいのに」

冷えた身体には余計にしみるのだろう。安江の夫のスーパーから納入された、お徳用パックの番茶をそこまでありがたがってもらえれば本望だ。

「ほんで、そのステーキ丼、忍さんは食べはったんですか？」

「ちょっと」

突然しゃがれた声が割りこんだ。

「はい？」

妙子は慌てて返事をする。いつの間にかヨシ子が厨房に視線を向けていた。自分の存在を忘れるなというシグナルか。

「お茶、入れてちょうだい」

「あ、お茶？　お茶、お茶、はいはいはい」

妙子はポットから急須へ湯を注いだ。長年の経験から、入れたお茶に少し水を混ぜるのも忘れない。高齢者は熱いものをうまく飲むことができないからだ。

「はいどうぞ」

ヨシ子は手渡された湯呑を黙って受けとり、口をすぼめる。

「ヨシ子さん、いかがですか？」

池花が声をかけた。老女は反応せず、しかしこぼすこともなく、静かにお茶をすすっている。

「おいしいでしょう、運動のあとだから」

池花はやさしい。

「しっかりされていますよ、ヨシ子さんは」

「おばあちゃん、いくつなん？」

「女性の年をバラすのは気が引けるけれど、九十四歳です」

「九十四！」

「しーっ。本人に聞こえてしまう」

ヨシ子は知らん顔だ。この様子だと周囲の話は耳に入っていないに違いない。

「ごはん、もうちょっとでできますからねー。待っててやー」

猫なで声を出しつつ、妙子は厨房に戻った。

「ほんで忍さんは、結局食べはったんですか？」

妙子は調理の仕上げにとりかかる。

「そうそう、ステーキ丼の話でしたね。ミディアムレアの和牛ステーキ。産地はわからないが、近江牛じゃないことは確かだった。その肉をひと切れ口に入れた忍は二回咀嚼《そしゃく》して吐き出しました。これは牛肉じゃないと」

「やっぱり、近江牛やないとあかんかった？」

「僕も最初はそう思った」

「グルメの人はそういうとこあるし困るねん」

「でも違ったのです。忍は抗がん剤の副作用で、味わうことができなくなっていたのです」

「口がマズいとかいうやつか？」

風邪のときに味がわからなくなることを、妙子は思い浮かべる。

「味がわからないだけならいい。舌がイカレた忍は、醬油ベースの甘辛いたれを、渋柿を嚙んでいるように感じるというのです」

「甘辛醬油だれが渋柿の味に？」

「忍は強い甘みでないと感じず、酸っぱいものは塩味に、塩気は渋いと感じるのです。本来とは別の違った味に感じられる。専門的には異味症といいます」

「へええ」

「さらに肉はアルミホイルを嚙んでいるようで飲みこめない。食べ物が嫌な味に感じられる。こちらは悪味症といいます」

どちらも初めて聞く病名である。

「味噌汁は渋くて飲めない、焼き鮭は生ぐさい墨だ、好きだったヒロタのシュークリームを油絵の具が入っていると切って捨てます」

「えらいこっちゃ」

食べることしか楽しみのない妙子にとって、その状態はかなりつらい。

池花は手のひらで包むように持っていた湯呑に口をつけた。向こうのテーブルでは、ヨシ子が同じようにお茶を飲んでいる。

「抗がん剤による味覚障害の原因はいくつか考えられます。味を脳に伝える味覚伝導路、すなわち延髄《えんずい》孤《こ》束核《そくかく》から一次味覚野《みかくや》への回路に異常をきたすこと。粘膜細胞自体を荒らすこと。そして唾液量の減少による口の中の乾燥です。乾燥は粘膜にとっては大敵です。味覚の受容体である味蕾《みらい》は粘膜組織ですから当然影響を受けます。ただし粘膜組織は脱落と再生を繰り返すので、時間が経てば良くなるはず。なのに、粘膜の再生に欠かせない必須微量元素である亜鉛の吸収を、抗がん剤が邪魔をすることがある。いわば負のスパイラル、vicious circle（悪循環）なのです」

むつかしくて、こちらもまったく飲みこめないが、とにかく忍は気の毒だ。傍らで見ている池花もつらいだろう。

「最初から忍は東京になど来たくはなかったのです。でも僕の説得に折れて、その度入院してくれた。今年の正月は結局滋賀には帰れなかったし、お盆も東京で過ごす羽目になった。それもうらんでいます」

気持ちは理解できる。妙子も正月を故郷以外の地で過ごすことは考えたことがない。

「水もお茶も舌にしみると言って飲みません。このごろは食事を口に入れては、皿に吐き出します。僕へのあてこすりでしょう。『自分をこんな風にしたのはお前だ』。毎回そう言われている気がします」

なんてことだ。

「そして、ふたこと目には、死にたいと言うのです」

妙子は思わず顔をしかめた。

「賄いさん。あんた、あたしを餓死させる気かい？」

空気が読めないヨシ子の催促がとんできた。やれやれだ。

「すんません、できました」

妙子は盛りつけた小鉢をトレイに並べる。

「ヨシ子さん、こちらで一緒に食べましょう」

池花は洟をすすり、頭を軽くふりながらヨシ子のそばへ行った。

そして手を引いて誘導し始める。あんよは上手とばかりに歩み、老女はこちらのテーブルにやって来た。

「やあ、おいしそうや。ねえ、ヨシ子さん」

並んだ朝食を池花が喜ぶ。声の明るさが悲しかった。

今朝の献立は、白菜と油揚げの味噌汁に大根おろしとブリの照り焼き、生卵と納豆、五目ひじき煮、日野菜のお漬物である。

ヨシ子の横に妙子が、向かいには池花が腰をおろした。

「さあ、いただきましょう」

妙子と池花が手を合わせると、ヨシ子も鶏ガラのような手を、か弱く合わせた。

池花はずいぶんと長く手を合わせている。祈っているようにも見えた。

「おいしいな、このひじき。忍に食わせてやりたいよ」

池花はポツリと言う。

やるせなくなり、妙子はヨシ子を見やる。老女は添えられたスプーンでなく、箸を使ってごはんを口に運んでいる。あらかじめほぐしておいたブリの身も上手につまめている。

味噌汁やごはんの湯気を、朝の光が天井近くまであぶり出していた。

「戦時中の芋は、そりゃあマズくて飲みこめたもんじゃなかったよ」

突然ヨシ子が話し出した。どこ吹く風かと思っていたが、ちゃんと会話を聞いていたではないか。

「芋のツルも食べたんだよ。それも飲みこむしかなかったさ。死にたくなかったからね。戦争が終わって、久しぶりに真っ白いごはんが食べられたときは、あのツル食べてよかったと、しみじみ思ったもんさ」

妙子は黙って重い言葉を嚙みしめた。池花は目を閉じている。

「あんた、本当に忍さんとやらが死にたがってると思ってんのかい？」

ヨシ子は池花を見据えた。

「思いたくないけれど、本人がそう言うと、つい……」

「誰だって死にたくないさ。だから無駄だとわかってても、口に入れるんだ。何度も何度も試してるのさ」

池花の箸が止まった。トレイの上の料理をじっと見つめている。

「そう……そうかもしれない」

池花は言うや否や、やさぐれたようにガッパガッパと食べだした。彼には似あわないふるまいだが、急に生命力が宿ったようでもあった。もしかしたら自分も死のうと考えていたのかもしれない。

妙子は感じ入る。

食べられる幸せにもっと感謝しなければ。

いつのまにか食べることがあたり前になっていた。健康こそ財産だ。命あっての物種だ。毎日のごはんがあったからこそ、この十年を乗りこえ、先のことを考えられるようになったのだ。

朝食が終わったら、嵐華家の社長に連絡をとろう。

水龍に行ってから、知らない人と話すのが億劫になっていた。心をさらけ出すのは、気力と体力がいると痛感したからだ。

けれど自分は、秀一に会わねばならない。止まっている時計を進めなければならない。

食べるのだ。

食べることは生きること。生きることは進むこと。

妙子は目の前の料理が、急に愛おしくなった。

食物をひとつまみ、ひとつまみ、丁寧に箸でとり上げ口に入れる。すべて滋味深く、私たちの身体を作り、命をつないでくれている。

ごはん。ひじき。にんじん。ブリ。大根。

ゆっくり、ゆっくり、噛みしめたい。

こんなに感謝の念をもって食べる朝ごはんは初めてだ。

「賄いさん、忍さんにごはん作ってやんなさい」

「うえ？」

ヨシ子の命令に、噛みしめ最中の妙子は顔をあげた。

「忍さんが食べられるごはん、作ってやんなさい」

「ヨシ子さん、ありがとう。お気持ちだけで十分です。忍は普通とは違う。東京の名医も匙《さじ》を投げたくらいだ。いくら妙子さんの腕がよくても、こればっかりは」

池花がとりなした。

「あんた、忍さんが努力してるのに、自分はあきらめる気かい？」

さっきまではうつろだったのに、今見開かれているヨシ子の瞳は強い光を放っている。どこかに出かけていた魂が戻ってきたようだ。

「池花さん、ここに忍さんを連れて来なさい。ごはんを食べさせるんだ」

「賄いさん、忍さんが食べられるごはんを、きっと作るんだ」

有無を言わせぬ強い口調で、ヨシ子はそれぞれに命じる。長老の迫力に、ふたりはうなずかないわけにはいかなかった。

7

団子坂下から三崎坂《さんさきざか》に向かい、眼鏡屋まで来たら左に折れる。少し進めば、よみせ通りの雑貨屋、魚屋などが見えてくる。それらを横目に谷中銀座商店街の入口にたどり着くと、一気に人通りが増える。平日でもにぎわう商店街に、妙子は心が浮き立った。

「ここをまっすぐ行けば駅よ」

地下鉄やバスで神田《かんだ》駅に行くのは接続がうまくない。そこで、少々歩くことにはなるが、山手線に乗るべく、妙子と安江は谷中銀座をぬけて日暮里《にっぽり》駅まで行くことにしたのだ。

「なんでこんなに外国の人が多いの？」

「いつのまにか有名になっちゃったみたい」

白人の家族づれがぞろぞろ歩き、知らない言葉で会話している。大きなバックパックを背負った肌の黒い男性もいる。手にしているガイドブックに掲載されているのだろう。よみせ通り沿いのビジネス風旅館では、海外からの客も相手にしているという。

「近江寮も外国の人を泊めたら？」

「あたし、英語できないしぃ」

「宣伝してんの？」

「ホームページって言うの？　あれ作れないかって、光成君に相談したことあるんだけど、協力してくれなかったのよねえ」

「なんで？　映像の先生やのに」

「知らない人がたくさん寮に来るの、たぶん嫌なんだと思う」

「図々しい。人見知りしとんのかいな」

こういうところを歩くと、少し緊張がまぎれる。

天ぷら屋、肉屋、八百屋、どじょうなどの川魚と貝の店、洋品店から金物屋までぎっしりと並んでいる。この商店街は普段の買い物だけでない。肉屋のコロッケはもちろん、ドーナツ屋も食べ歩きできるように、ひとつずつ紙で包んでくれる。酒屋はビールサーバーから注いだ生ビールを店頭販売中だ。オリジナルのかわいいハンコが作れる店もあり、縁日の風情が味わえるのだ。

道の舗装の色が変わり、階段に行き着いた。今はビルに阻まれてしまったが、ここをのぼると昔は富士山が見えたらしい。

「『夕やけだんだん』っていうのよぉ」

「夕やけが見えるんか？」

「きれいなときは、きれいよぉ」

猫がうろつく階段の先は、アスファルト舗装になった。交通量の少ない道路を進むと、日暮里駅に着いた。

ふたりは嵐華家のオフィスに向かっている。


神田駅からほど近い、とある雑居ビルの四階にオフィスはあった。

さほど広くない応接間のソファで、安江とともに待たされた妙子は、お盆を携えて現れた女性に目を見はった。

「はじめまして。嵐華家社長の嵐皮祐樹です」

社長は裾に赤い牡丹《ぼたん》が染め抜かれた紫色の着物に、クリーム色の帯を締めている。帯留めの大きな四角い宝石は、まさかのサファイアなのだろうか。

「こんにちは。寺島妙子です」

「友人の鈴木です」

そう自己紹介せざるをえないのはわかっているが、安江に友人などと称され、一瞬妙子は面《おも》はゆくなる。

「本日はお忙しいところ、お時間いただきまして、ありがとうございます」

深緑色のアンサンブルをまとった背筋をのばし、安江の声にはいつになくケンがある。対抗意識を燃やしているのかもしれない。

「いえいえ、かまいませんよ。ささ、おかけください」

柔和な顔立ちに品のいいメイクを施しているが、社長は妙子らよりも少し年上、アラ還ならぬアラ古希《こき》くらいか。話すと、かすかに東北地方の抑揚《よくよう》が感じられ、気さくで面倒見の良い老婦人といった印象になった。

「奥さんから電話をいただいたあと、水龍のご主人からも電話がありましたよ。寺島さんの奥さんが訪ねて行くからよろしくと。連絡先を伝えたからと」

大将の気遣いに感謝する。自己満足と言われても仕方のない人探しに、こんなに協力してもらえるとは。

「寺島さんを探しているんですってね」

ふたりの前に湯呑茶碗が置かれる。

「暑中見舞いが届いたとおっしゃってましたね」

「はい、そう。これなんです」

妙子はバッグからはがきをとり出す。念のため、秀一の写真も一緒に差し出した。

「写真は十三年前のものですけど……」

テーブルに置かれた写真を社長は手にとった。左手の人差し指には大きなパールの指輪がはめられている。

「これが若いころの寺島さん……」

社長は写真を置いたその手ではがきをつまみ、表と裏を見くらべた。そして上目づかいに、妙子を見つめた。

一瞬にして汗が噴き出た。

疑われているのかもしれない。

保険証にも免許証にも夫の名前は書いていない。姓が同じということが夫婦の証になるとは言えない。人に見せられる証拠など、住民票か戸籍謄本くらいのものだ。

「私は正真正銘、寺島秀一の女房です！」

叫ぶように答えてしまった。

「あ、あら、ごめんなさい。別に疑ったわけじゃないの。あの人こんな風だったのかって、思ったから」

嵐皮社長はあいまいに微笑み、「人には若いときがあるのよねえ」と、しみじみつけ足した。秀一はよほど、老けこんだということか。

お茶を勧められた。

「お電話では、今も交流があるとか」

湯呑を手にし、安江がたずねた。

「そう。忘れたころに、訪ねてくるだけなんだけどね」

「ということは、どこに住んでるとか、連絡先はご存じないんですか？」

社長は顔を曇らせ、わずかにうなずく。役に立てずに申し訳ない、という気遣いに見えた。

「でもね、寺島さんはね……変わってしまったと思うわ。もう、奥さんが思っているようなご主人じゃないと思う」

「どういうことですか？」

「田舎と違って、都会は住む所がなくても生きてけるからね」

妙子は卒倒しそうな衝撃を受けた。杞憂《きゆう》であってほしいと思っていた不安は、現実だったのだ。

「……では、東京にいるんですね」

「そうね」

「仕事は？」

「前は飲食店で働いていたと思うけど、今は……どうかしら」

「最後に会わはったのは？」

「今年の……八月くらいね」

社長は言葉を選び選び、話している。

「あの人、ホームレスになったんですね……」

「いえ、そこまでは。ええ、そこまでは、いってないんじゃないかしら」

「でも、家のない生活してるって、本人は言うてたんでしょう？」

「え、あ、そうね。そんな感じ。私もはっきり聞けないでいるけど」

社長は否定するが、東京に来て、いろんな根なし草生活があると自分は知ってしまった。

「社長さんが、初めて寺島さんに会ったのはいつですか？」

すっかり意気消沈した妙子に代わり、安江が質問してくれた。

社長は急にほっとしたような顔になり、口を開いた。

「私が寺島秀一さんと知り合ったのはね——」


「ねえあなた、このお店は初めて?」

店のカウンターにいた嵐皮祐樹は、ひとり飲んでいたとなりの中年男性に話しかけた。

「初めてです」

男性の言葉には、関西のイントネーションがあった。

「お口に合いますか?」

平日の夜だったが、客の入りはよかった。嵐華家をオープンさせて六年が経過していた。ようやく軌道に乗ってきた経営にすっかり気を良くし、嵐皮社長は二店目の出店を考えていたところだった。

「いきなりごめんなさい。私、この店の経営者なんです。だからつい感想をうかがいたくなって」

男性の表情が和らいだ。

「さきほどから、たくさん召し上がってくださってますね」

気持ちよく料理を平らげてゆく男性に、社長はうれしくなったのだ。

「なにを気に入ってくださいましたか？」

「そうやな……。揚げだし豆腐はおいしかった。干し椎茸《しいたけ》の餡《あん》で。あれ、昆布だしを引いてはるやろ？」

「そうです。普通は鰹節なんだろうけど、私が板長に頼んだの」

「関東は鰹節が普通と聞いてたけど、違う店もあるんやな」

鰹節だしのうまみの中心成分は、動物性食品に多く含まれるイノシン酸だ。イノシン酸は硬度の高い水でもうまみが出る。一方昆布のうまみ成分はグルタミン酸が主である。それらは軟水の方が、よりうまみを引き出せる。関東の水も軟水だが、関西よりも少し硬度が高い。つまり関東では、昆布よりも鰹節の方が水との相性がよかったので、鰹節だしが普及したのだ。

ちなみにイノシン酸とグルタミン酸、あるいは干し椎茸のうまみ成分であるグアニル酸とグルタミン酸を合わせると、相乗効果で単独の場合より、うまみが何倍増しにもなる。

「うちの昆布を使ってるからね」

「ここ、昆布も売ってはるの？」

「私は山形の出でね。昔から海産物を商ってきたんです。特に昆布が主力だったの」

「山形……」

杯を傾けた男性は、思案するような表情を浮かべた。

「と言っても、その会社は兄が継いだけどね」

男性は遠くを見て、鼻を鳴らした。

「失礼ですけど、おたく、関西の人ね？」

「わかります？」

「もぢろん。どう聞いても関西弁だぁ」

期せずして山形の言葉が出てしまった社長は、男と顔を見合わせて笑い合った。

「どっがら来たっす？」

「滋賀県や」

開き直って、お故郷《くに》訛《なま》りをわざと使った社長に、男性も方言をあらわにした。

「まあ、滋賀ですかー。うぢの先祖は北前船で近江商人にお世話になっただよー」

「わしの先祖は北前船を操ってた近江商人や。昆布やらを大坂まで運んで儲《もう》けたらしい。今は秤屋になってしもたけど」

「あんら、奇遇だなっす。祖父が言ってたんだぁ。誤って、うしきたま仕入れた荷を、近江の人に売りさばいてもらって助かったらしいって。近江商人は出しゃばらず、親切だってのー。売り手よし、買い手よし、世間よしの三方よし、でがしょ？」

「うしき……？」

「たくさんって意味だー」

ふたりはそこから大いに盛り上がった――。


「それがあの人やったんですね」

十年前、焼いたサンマが皿にあったので、おそらく秋ごろの話だという。秀一が姿を消したのは十月四日だったから、本当に上京して間もなくのことだろう。秀一はあんなに嫌っていた生家のことを、赤の他人に話していた。東京では箔《はく》をつけたくて、あえて口にしたのだろうか。

「聞けば、滋賀で料理屋をやってたと言うじゃない」

社長は懐かしい風景を思い浮かべるような目になった。

「それから毎日店に来てくれてね」

「このビルの一階に？」

妙子と安江はオフィスへのエレベーターに乗る前、一階にある「嵐華家」の前を通った。安江の息子に調べてもらい、そこが一号店だとは知っていた。

「ええ。夜になると、ふらっとやって来てね。毎日飲んでは、飽きずにおしゃべりしました。楽しかったわ」

社長は目を細めた。似たような旧家に生まれた者同士、ずいぶんと気が合ったと見える。

「学生のころから飲食店でアルバイトをして、実家を継がずに料理人になったと聞いたわ。きょうだいは妹しかいないというから、ちょっとびっくりしました」

「あの人は秤を売る仕事みたい、嫌やったんです」

これは常々秀一が言っていたことだ。

「そうお？　家業の歴史を、とうとうと語ってくれたけど」

社長の細い目が妙子を捕らえた。

「むしろ誇りに思っているのじゃない？　だからこそ恐れ多く感じるというか。『えらい家に生まれてしもた』なんて、こぼしてたもの」

社長は関東の人が関西弁をまねるときの、妙なイントネーションで、秀一の言葉を口にした。

「気持ち、わかる気がしたわ。そういう家に生まれた者の宿命ね。兄も大変そうだったから。私は女でよかったと、ずっと思ってた。もっともそばで見ているうちに、商売に興味がでて、嫁にも行かずにこうしてるんだけれど」

テラシマは結局秀一の妹が継いだ。結果は違えど、兄と同じだと、社長は秀一に同情したのだろうか。他人に自分の弱さを見せまいとする秀一も、この人ならばと、心を開いたのだろうか。

妙子はショックを受けた。自分はそんな気持ちを、夫から聞かされたことがなかったからだ。

「うちのこと、なんか言うてましたか？」

ルーツは誇っている。では新たに築いた家庭はどうなのか。

「しっかり者の女房が家を守っていると言ってましたよ。まさか、奥さんに黙って家を出てきたとは思わなかったけれど」

秀一の言い分は、どうにも身勝手だ。

「東京にはなんのために来たとか、言うてましたか？」

「こっちで店を出したいという話でした。だからうちの店にスカウトしたの」

「………」

「今の一号店に入ってもらったの。腕もよかったし」

「長く働かれたんですか？」安江が問うた。

「一年くらいかしら」

「それから水龍さんに行ったってことですね？」

社長はうなずいて、お茶を飲んだ。

「とても近江料理にこだわってた。いくつか作ってもらったけど、素朴な田舎料理ね。やらせてくれと相談されたけど、私は近江を前面に打ち出すコンセプトに賛同しかねたの。失礼ながら特徴がないから、工夫が必要だとアドバイスしました。そうしたら、勉強のために他の店を見てみたいと言われて」

「……」

「ちょうど水龍さんが人を探してるって聞いたから、紹介したってわけ」

社長は冷静に判断し、面倒を見てくれたらしい。確かに伝統的な調理法や素材にこだわり、ほとんど近江料理しか出さないのでは、江州の二の舞だ。

「なのに寺島さん、あんな風に、店辞めちゃってねえ」

「……すんません」

小さく謝った妙子に、社長は静かに苦笑する。

「あの人、なんにもでけへんくせに、妙に自信家で……」

妙子は堰《せき》を切ったように話し出す。

「料理しかせえへん、融通《ゆうずう》利かへん、変に細かいとこだけ、秤屋の息子らしいわて、あきれてたんです」

「確かに、細かいところがあったわね」

「しょうもない料理にこだわって。店のひとつもようやらんかったくせに」

「店がつぶれた原因は自分のせいじゃない。寺島さんは、そう言ってましたよ」

「なに言うてんねん、あの人は」

料理屋は料理が命。そしてウケない近江料理にこだわったのは、秀一自身だ。

「たいしておいしないのに、近江の料理ばっかり出したからですよ」

「うーん、確かに料理も大事だけれど、流行るお店は、それだけじゃないと思うわ」

確かに意匠や接客なども大切だ。当時、店の雑事は妙子が全部切り盛りした。こざっぱりさせ、問題はなかったと自負している。

「寺島さん、なにか違うと思ってたんじゃないかしら」

「違う？」

「俗に女房の尻に敷かれる亭主と言うけれど、強引に閉店を押し切られたと言ってた。こっちの気持ちも考えてほしい。寺島さんはそう思ったんじゃないの？」

押し切られた？　まさか。ぐずぐずしている男の背中を押しただけだ。それを人のせいにして。自分は料理しか作れなかったくせに。気に入らないと、急にだんまりを決めこむくせに。私には実家の悪口しか言わなかったくせに。

「そやけど」

「自分を助けてくれない奥さんの愛情を疑ったんじゃないの？」

「………」

「閉店の責任は、本当に寺島さんだけの責任なの？」

社長の指摘に、妙子は二の句が継げなくなる。

「寺島さんは、どういう目的で社長を訪ねて来られるんですか？」

急に黙りこんだ妙子に代わり、安江が話題を変えた。

「いえ、別になにってこともないの。近くに来たからよったって感じよ。特別、なにも」

「なんの話をしゃはるんですか？」

「普通の世間話よ」

上京したときに、ずいぶん世話になったのだ。秀一は恩義を感じてはいるのだろう。しかし、男の落ちぶれ具合に、社長はあきれ、本音では迷惑していたのかもしれない。最近秀一に会ったときのことを、あまり話そうとしないのは、そのせいか。

「また寺島さんが来られたら、連絡してくださいませんか？」

そろそろ潮だと、安江が切り出した。

「わかりました。寺島さんが来たら、ご一報さしあげましょう」

微笑んだ社長は、昔の話以外、奥歯にもののはさまったような物言いに終始しているように、妙子には感じられた。


妙子が若いころ働いていた産婦人科医院には、近所の寿司屋が出入りしていた。店主と院長が懇意で、出産祝いにどうだと患者に勧めていたからだ。医院の調理室で寿司桶を受け取り、病室まで運ぶのは妙子らの役目だった。

大きな寿司桶に並んだ握りや巻き寿司は、それはそれは豪華だった。尾頭つきの鯛《たい》の活け造りもたまに見かけた。

その日、寿司桶を引きとりに来た見習い風の寿司職人には、見憶えがあった。顔にはまだあどけなさが残る。ずっと年下やな。そう思った。

頭と尾っぽになった鯛の骨には、まだ身がたくさん残っていた。食べ散らかされた鯛が、妙子はとても気になった。

「この鯛、どうすんの？」

鬼も十八、番茶も出花をだいぶ過ぎたとはいえ、二十三歳の娘ざかりだ。つい口にした質問を、即座に後悔した。相手は子供だと油断し、意地汚いところを見せてしまった。なんと言い訳をしよう。どぎまぎしながら桶を渡した。

「ほかす」

見習い風の秀一は、端正な顔をくずすことなく言った。

「もったいない」

言い訳するつもりが、さらに本音が出た。もうダメだ。年ごろの女としては致命的だ。他人の食べ残しを、食べたがったも同然なのだから。

「食いたい？」

「あほな。食べたないわ。人の残したもんを」

白々しくも、妙子は憤慨してみせた。

「食べ物を粗末にしたらあかんと思たし」

そのあとふたりで、鯛の骨をじっと見つめていたと思う。

やがて秀一がおもむろに言った。

「鍋どこ？」

医院では調理師が妊産婦と従業員の食事を作っていた。ちょうど昼食のあと片づけも終わり、調理師は昼寝をするべく席をはずしていた。

秀一は調理室に入ると勝手に戸棚や調理器具を探り、だし昆布を包丁で細かく切って水につけた。鯛の頭もブツ切りにし、串を打ったのち、コンロであぶって焼き目をつけた。手際は悪くなく、若いくせに、案外経験があるのだと妙子は思い直した。

秀一は黙々と作業を進めた。調理室に誰か来やしないかハラハラする反面、これから起こることへの期待感が高まっていた。

きれいな焼き目のついたアラを、秀一は煮出した昆布だしの鍋へ放りこんだ。その潮《うしお》汁《じる》ができあがるまで、妙子は秀一とどんな会話をしたか憶えていない。

「ん」

立ったまま、妙子は差し出されたお椀を受けとった。おそるおそる椀に顔を近づけると、透明な潮汁からは磯のいい香りがした。

塩の利いた潮汁は、天にも昇るくらいにおいしかった。

無言でむさぼり食う妙子に、秀一は満足そうにしていたと思う。

その潮汁は妙子にとって食の革命だったと言っていい。簡易な方法ではあったが、だしのうまさを知ることができたのだから。

しかも秀一は「もったいない」と言った自分に恥をかかせず、一緒に食べてくれた。本人にしてみれば、なにげない行動だったのだろう。でもあんなことをされたら、誰だって惚れてしまうに決まっている。

「妙子さん、大丈夫？」

安江から声をかけられた。

山手線はまだ夕方のラッシュ前だ。ふたりは並んで座っている。

「あの人は、なんで私と結婚したんやろ」

「そりゃあ、妙子さんを愛してたからに決まってるじゃなぁい」

安江は、両手を猫のように丸めて口元に押しあてた。お気楽なしぐさに脱力する。

「そうやろか。実家の自慢みたい、私にはせえへんかったんやで」

「妙子さんには言えない事情があったんじゃないの？」

そうかもしれない。認められない嫁を気遣ったとも言える。しかし夫婦なのだから、話してほしかった。

「店つぶれたんは、私のせいやねんて」

「ふたりの責任だって、言いたかったのよ、社長は」

「あの人は、いったいどこでなにしてるんやろ」

「わからなくなっちゃったわねぇ」

「あの人、酒ばっかり飲んでるのかもしれん」

秀一は飲みだすと、とことん飲まねば気がすまないところがあった。江州がつぶれたときもそうだった。

「やっぱりそういうことになってたんやな」

深いため息が出た。あの人をそんな生活に追いやったのは、とどのつまりは自分だ。

「はがきをよこしたんだから、そんなに滅茶苦茶な生活じゃない気がする。心が荒《すさ》むと、誰かに便りを出そうとは思わないもの」

ともあれ、安江の気休めは心にしみた。

「焦ったところで、どうしようもないわ。ダーリンを信じて、神さまにお祈りしましょうよ」

確かに神頼みでもするしかない。しかし妙子は、捜索活動が暗礁に乗り上げたことよりも、夫の本音の方がショックだった。

8

秀一は実家に複雑な想いを抱いていた。考えてみれば当たり前のことだ。なのに自分は、それを知ろうとしなかった。

結婚により秀一は寺島家とは疎遠になった。

妙子は好きな人と一緒にいられることで有頂天になり、義父との関係を修復しようとは考えなかった。改善できると思わなかったし、へたに接触すると、秀一をとり戻されそうで怖かった。

「父親を見返したい」のは、秀一が父親を憎んでいるからだと思っていた。だから近江料理などにこだわらず、憎しみを忘れて、これからを大切にしようと説得したのだ。こだわりを捨てさせるのは、むしろいいことだと考えていた。自分の無理解が、あの人を傷つけたのだろう。

妙子は深いため息をついた。

「……それにしても遅いな」

そしてつぶやく。

到着は十一時半ごろと言っていたのに、現在十二時五十分。別に遅れてもかまわないが、食事を提供する身としては落ち着かない。

今日の昼食会が決まったのは、昨日の夕飯時だ。

嵐華家で疲労困憊《こんぱい》してしまった妙子は、夕食で活力をつけようと考えた。おにぎりにするか迷ったあげく、たまには餅をと思い至り、揚げ餅の豚バラ餡かけをこしらえた。いわば中華おこげの餅バージョンだ。池花はふたつと控えめだったが、妙子は餅を六つ食べた。

「明日、忍をここに連れて来てもいいですか?」

なにも明日じゃなくてもと、正直面倒な気持ちは否めなかった。けれど、食べられるものを作ると約束した手前、断るわけにはいかなかった。忍にはシンパシーを感じたし、死にたいとまで言う人を放っておけない。それに妙子には味つけの秘策があったのだ。

「妙子さん、今ならまだ作り直せるわ」

安江がカウンターによって来た。事情を知った安江は、忍への食事提供に協力的で、試食に協力してもらっていた。

「アイディアは悪くないと思うわよぉ。でもあの味は……ちょっと、どうかしら?」

安江はとても心配顔だ。

食堂には大みそかの台所にも似たにおいが漂っている。不安になるのも仕方ないだろう。でも聞いた限りの忍の味覚に合わせて作ると、こうなるのだ。

「おっと、ヨシ子さん、どこ行くの?」

妙子らのテーブルに着いていたヨシ子が、ゆっくりと立ち上がった。今日は昼食を一緒にとるため、寮に連れて来られている。

「お昼を食べに帰るんだよ」

「おばあちゃん、今日はここでお昼を食べるのよ」

「あんたが作ったごはんなんざ、食えたもんじゃない」

新しい賄い婦の存在は、記憶から抜け落ちてしまっているらしい。

「うちに弁当あるだろ」

スーパーの出来合いのおかずが、ヨシ子の頭にインプットされているようだ。

「今日は買ってないの。妙子さんが作ってくれるから、ここで食べましょう」

「ヨシ子さん、忍さんにごはん作ったげなさいて言わはったでしょ？　そやから私作ってん。忍さん、食べに来はるから、待ったげて」

ヨシ子はポカンとしている。

「忍って誰だい？」

安江は肩をすくめた。いつものことだと言わんばかりだ。

「ここの宿泊客、池花さんの奥さんです。今日はみなさんに特別招待状を出したんです。忍さんにもヨシ子さんにも。だから召し上がってくださいな」

ヨシ子は思案顔になった。後頭部の銀色のお団子が、老女の小首とともに少し傾く。

「この髪の毛、あんたが結ってあげてんの？」

「ううん。おばあちゃんが自分でやるの」

本人の耳に入らぬよう、ふたりは小声をかわす。

「特別招待状なら仕方ない。受けないわけにはいかないね」

ヨシ子は席に戻った。妙子と安江は苦笑いだ。

「あら、やっと来たみたい」

玄関ドアの開閉音がした。安江は煙草をもみ消し、出迎えるために立ち上がった。手を拭き終わった妙子が厨房から出たところで、食堂の出入口のドアがゆっくりと開いた。

「やあ、病院を出るのに手間どって、遅くなってしまいました」

池花が姿を現した。

「道、混んでた？　忍さん、疲れたん違う？」

「大丈夫です。今日は比較的気分がいいようですから」

「あたしたち、忍さんに会えるのを楽しみにしていたのよぉ」

池花が軽く頭を下げると、白いニット帽に上下白のスウェットスーツを着た人物が食堂に入って来た。

池花より背は低いが、それでも一六十センチ台後半はあるだろう。病み疲れた中年の風情漂う足どりだが、思ったほどにはやせていない。食堂に入るや否や、くんくんと鼻をひくつかせている。

「忍、さ、みなさんにごあいさつしなさい」

忍の姿に、妙子と安江はあっけにとられた。

こけた頬には髭《ひげ》の剃りあとがある。細い首には立派なのど仏。どこからどう見ても、男の人だ。

「初めまして、忍です。今日は図々しい、ごはんよばれに来ました」

オネエ系の滋賀弁も立派に男性のものだった。

妙子は固まる。安江はいつもの「まあびっくり」で口をポッと開けている。つまり池花は、いわゆるＬＧＢＴだったのだ。

男ふたりは所在なげに立っている。いつも饒舌《じょうぜつ》な池花がなんの説明も始めない。

忍が男だと言わなかったことを、当人に知られるのが気まずいのか。気持ちはわかるが、こちらも元から知っていたかのようにふる舞うのもどうなのか。「まさか男の人やとは」と、笑いとばせるキャラではない。妙子は次の行動に大いに迷う。

「ごはんはまだかい？」

みんなが一斉に声の主に注目した。

「ここはいつも待たせるねえ。サッと出てきたためしがないよ」

ヨシ子が微妙な空気を切り裂いてくれた。みんな、これ幸いと動き出す。

「ヨシ子さん、すんません。今、出しますさかい」

「ごめんなさい。僕たちが遅刻したからですね」

「聞いてた通り、ヨシ子さんてほんまにお元気そう。あやかりたいわ。爪の垢、分けて欲しいわ」

「爪の垢くらい、いくらでもあげるわよぉ。いっぱい詰まってんだから。さ、ふたりとも、こちらにかけてかけて」

池花と忍は窓際のテーブルに並んで座った。いつもとは違い、みんなで食卓をかこめるよう、今日はふたつのテーブルをくっつけてある。

「妙子さんも、思ったとおりのお人やわ」

厨房が見える席に着いた忍は、無邪気に話し出す。

池花が自分をどう形容したか知りたくもあり、知りたくもなし。妙子は引きつった笑いを浮かべ、作業を続けた。

そういえば自己紹介をしていない。しかし彼は池花から、近江寮の面々について、すでに話を聞いているようだ。

「ケガはまだ治らへんのですか？」

忍がカウンター前に立っている安江に話しかけた。

「先生は、あと二週間くらいでとれるでしょうって」

安江はギプスをさすりながら、にこやかに答えた。

「お茶はなにがいいかしら？」

「あ、結構です。お茶は口の中がキンキンするから」

「緑茶もダメなの？」

「はい。ほうじ茶も紅茶も」

「お水は？」

「キュッと舌が縮む感じがするので……」

忍は遠慮がちに首をふった。やはり味覚障害は重症のようだ。安江は残念そうに、四人分のお茶を入れ始めた。

「できました。これ運んだって」

妙子は声を張りあげ、全員のトレイをカウンターに載せた。池花と忍の分を安江に託す。妙子は安江とヨシ子と自らのトレイを運び、それぞれが席に着き終わった。

「今日の献立はお雑煮《ぞうに》と切り干し大根、野菜の白和えです」

「わあ、きれいー」

忍は感嘆の声をあげた。仕草がどうにも乙女チックで、姿との違和感が否めない。慣れるには時間が必要だ。

それはさておき、雑煮は澄まし汁である。焼いた丸餅、具に里芋、にんじん、小松菜、糸みつ葉が入っている。切り干し大根には油揚げのみ。白和えの具はえのき茸とさやいんげんに、糸こんにゃくだ。

忍は悪味症である。肉や魚、乳製品は金属に感じられたり、生ぐさかったりで受けつけない。だから精進料理をこしらえた。

「でもなんで、お雑煮？」

忍は疑問を呈した。とたんに安江の額に斜線がかかる。

「今年のお正月は家に帰れんかったやろ。だから僕が頼んだんや」

池花が脇から説明した。

「そっか。ありがと」

「池花さんから味覚障害で大変やて聞いてます。だから今日はちょっと工夫しました。お口に合うとええんやけど」

「いただきまーす」

季節外れの雑煮はオツなものだが、皆は食べながら、忍を注視する。我関せずなのはヨシ子だけ。それもいつも通り。いや、あの年代の人間だ。男同士のカップルなど、気持ちが悪いとわざと知らん顔している可能性がある。

忍は箸をとり、雑煮の椀を持ち上げた。そしてひと口、澄まし汁を飲み、顔をしかめてつぶやいた。

「違う……」

「やっぱり違うわよねぇ」我が意を得たりと、安江が同調する。

「おたくのお雑煮は味噌やのうて、お澄ましやて聞いたんやけど」妙子はうろたえる。

「そうじゃなくて、味が」

忍は異味症でもある。甘味は弱く、酸味は塩味に、塩味は渋味に感じてしまう。だから忍の分だけ普通の味つけにはしなかった。だしに酢を多く入れて塩味としたのだ。

「酸っぱいもんは、塩気に感じるんやろ？」

「確かに塩味やけど、これはやっぱりお酢やわ」

「ずっと酢のにおいがしてるのは、そのせいなんですね」

池花は合点がいったとばかりに、食堂の中をぐるりと見回す。

「切り干し大根にも酢が入ってます。白和えにはゆずを使《つこ》たわ」

食堂に大晦日の台所のようなにおいが漂ったのは、だしをしっかりとったのと、酢蓮《すばす》や紅白なますなど、おせち料理のように酢を多用したからである。

「すんません……」

忍は椀をトレイに戻した。

「忍、じゃあこれは？　僕のお雑煮を食べてごらん」

あわてて池花が、自分の分を差し出した。

「こっちは、おだしのいいにおいがする」

気をとり直したかのように、忍は椀に唇をつけた。

「……生ぐさい。それに渋い」

ひと口舐《な》めた忍は、悲しそうに椀を池花に返した。

「あ、そうか」

お雑煮には鰹節と昆布の合わせだしを使っている。動物性のだしは、彼にとっては生ぐさみの方が勝つのだろう。最初の椀にも同じだしを使ったが、酢の効用でわからなかったのかもしれない。だしを味わうには、香りが大切なのだから。

「では、切り干し大根を食べてごらん」

池花の勧めに、忍は恐る恐るといった調子で切り干し大根をひとつまみ口に入れた。だがすぐにうつむいて、ポケットから取り出したティッシュに吐き出した。

「酸っぱいにおいやのに、甘じょっぱい。酢の味がせえへんのが変。においと味の関係が頭の中で混乱する」

切り干し大根は、醬油の代わりに黒砂糖で色をつけている。そしてやはり酢で塩味を表現した……つもりであった。

次に忍は、野菜の白和えの味を見たが、「ゆずのにおいばっかりで、醬油の味がない」と、ついに箸を置いてしまった。

大失敗だ。

雑煮はともかく、甘酢で煮た切り干し大根は、味見の段階では、これはこれでイケるかもと感じていたのだ。

妙子はおのれの浅はかさを大いに恥じた。酸味を塩味に感じるのなら、酢を塩代わりにすればいいと考えたが、そんな単純な話ではなかった。

忘れてはならない。香りは味わいに重要な役割をはたすことを。

「でも皆は、おいしいんやろ？　皆が食べてるのは、おいしいごはんなんやろ？」

忍は二重瞼をパチパチさせて、それぞれの顔を確かめる。

忍の分以外は普通に作られている。遠慮がちに、池花も安江もうなずくしかなかった。

「妙子さん、ありがとう。あたしのイカレた舌が悪いねん。妙子さんのせいと違うから、気にせんといてくださいね」

　気遣われると余計につらい。少しでも食べて、闘病意欲を持ってほしかったのに。かえって嫌な思いをさせてしまった。料理上手ともてはやされ、得意になった報いだ。

「あんた誰だい？」

　突然ヨシ子が口を開いた。忍をじっと見つめている。

「忍です。千代《ちしろ》忍」

おずおずとした自己紹介に、ヨシ子の瞳が光った。やっと魂が戻ってきたか。

「あんたが池花さんの奥さんかい？」

　忍は不安げに池花の顔を見た。

「僕のパートナー、そうですね、言うなれば、ヨシ子さんの言う通り、忍は僕の奥さんです」

　池花は初めて忍の立場に言及した。妙子と安江は「おおーっ」と、心中でどよめく。

「あたしゃ、いつの間にか百九歳になっちまったよ」

「やあねぇ、おばあちゃん、まだ九十四歳よぉ」

「だって忍さんは、池花さんの奥さんなんだろ？」

「え、ええ。そういうこと、みたいねえ」

ドギマギと肯定する嫁に、ヨシ子は言い放つ。

「ほら、百年経ったんじゃないか。あたしが子供のころ、近所にオカマさんがいたんだ。村八分にされてたよ。好きな人とも引き離されてさ。かわいそうだったね。いっつも飴玉くれる、子供好きのやさしい人だったのに。でもね、ある日、近所に住んでた理科の先生が言ったんだ。百年後にはあの人も、好きな人と夫婦《めおと》になれるって。いずれそういう時代がくるってね。その先生、将来はくさくない便所ができるってのも当てたんだから。先生の予言は正しかった。本当にそういう時代になったんだねえ」

ヨシ子は感慨深げに言い、食事を再開した。雑煮の餅（もちろん、うんと小さく切ってある）もつまらせず、飲みこんでいる。

「……ありがとう、ヨシ子さん」

池花はうつむいた。涙をこらえているようだった。

「あたし、台所見てみたい。いいですかー？」

急に忍が立ち上がった。とてもうれしそうな様子だ。妙子はジーンとしながら「どうぞ」と返事をする。

忍は厨房へ行き、引き出しを開けたり、並んだ包丁を眺めたりと、もの珍しそうに見て回り始めた。

「忍、あまり触らないようにね」

「はーい」

「すみません、あいつは料理上手な人の台所に興味があってね。自分はなんにもしないくせに」

謝る池花に、妙子はゆっくりと首をふる。忍が喜んでくれるなら、いっこうにかまわない。

ふと見ると、冷蔵庫をのぞいていた忍が、ガラス製のポットから内部の液体をコップに移しかえていた。

「あ、それは」

気づいたときは遅かった。においを確かめ、コップの中の液体を、なぜか口に含んでいる。

「忍、勝手なことをするなと言うたのに」

「それはおだしやで」

三本のだしストックが冷蔵庫の脇に並んでいた。すなわち鰹節だしと、だしじゃこ、そして昆布でとっただし汁で、いずれも薄にごりの液体だ。忍はそのうちの昆布だしを飲んだのだった。

半分ほどだしが入っていたコップは、すでに空《から》になっている。さっきはお茶も水もキンキンケロンパだ
と言ったくせに。

「え、飲めたん？」

飲んだことよりも、飲めたことに妙子は驚く。

「めっちゃ飲みやすい」

忍はさらにもう一杯、コップに注ぐ。

「変な味がせえへん。するする入る」

忍はただ昆布でとっただけのだし汁を、立派なのどぼとけを上下させて飲んでいる。

「大丈夫か？」

近づく池花の心配もどこ吹く風と、忍はだし汁を何度もコップに注いでは飲み続ける。

「あたしにもちょっとちょうだい」

うらやましくなったのか、安江がコップを差し出した。

「……なんだか、味があるのかないのか、わかんないわねぇ」

三分の一ほど味見した安江は、目をしばたたいた。

一般に塩分が食物に加わるとアミノ酸が引き出される。昆布だしのうまみであるグルタミン酸もアミノ酸の一種だから、昆布だしは塩味が入らないと、あまりおいしく感じない。

ただ、忍の舌にかかると塩味は渋みに変化するから、なにも入らない方がいいのだろう。

「飲めば飲むほど、ほしくなるー。身体の渇きが癒されるー」

真夏の部活中の高校生のように、忍はゴクゴクとただの昆布だしを飲み続ける。

「お母さんのおっぱい飲んでる気分やわあ」

確かに赤子が無心で乳を飲む勢いだ。池花は愛おしそうに目を細めている。が、オネエなおっさんの微妙なたとえに、妙子と安江は顔を引きつらせる。

「あたし、生まれ変わるかもー」

「ほ、ほしたらもっと作ったげよか」

見る間にだしはなくなった。妙子は鍋に水と昆布を入れる。

みんなが不思議な思いで見守る中、忍だけが実にうまそうに、昆布だしを何杯も飲み続けたのだった。


忍と部屋で過ごしていた池花が食堂に降りて来た。

「あらぁ、もう病院に戻る時間?」

禁煙パイポをくわえていた安江が声をかけた。さすがの安江も病人が来るのに煙草はまずいと考えたようで、これを機に禁煙を考えているようである。

「はい、そろそろ」

「忍さんは？」

「部屋にいます。僕は先にお礼を言おうと思って」

「お礼なんて言われることしてないわ。ねぇ、妙子さん」

夕食の支度をしていた妙子は、カウンター越しに頭を下げた。

「ほんま、すんません、今日は。全く勘違いなことしてしもて」

「勘違いじゃないわ。お門違いよぉ」

安江がしたり顔で口添えする。

「いいえ。それはいいんです。僕たちを受け入れてくださったことにお礼が言いたかったのです。本当にありがとうございました」

そっちの話か。女ふたりは「そんなことはもういいの」とばかりに、顔の前でぶんぶんと手をふった。

「あいつははしゃいでます。あんな忍は久しぶりだ。今日は本当に連れて来てよかった」

池花の表情は晴れ晴れとしていた。隠し事がなくなってホッとしたのもあるのだろう。

「今日は点滴をしなくてもすむかもしれない」

ただの昆布だしが、点滴代わりになるなら言うことない。

「久しぶりにけんかをしなくてすみそうです」

「そんなに毎日けんかしてたん？」

「恥ずかしながら、このごろは毎日朝昼晩と、三度のメシのように、つまらないことで言い争いをしていました」

「今日のふたりを見てたら、信じられないわねぇ」

安江が目を丸くする。

「忍は待っていたのです。なかなか本当のことを言えずにいた僕を。実は東京に来るとき、忍が僕に約束させたことがあったんです」

「どんな約束？」

「正直になろうって」

正直になる。なんに対して？　具体的に聞こうとした妙子だったが、ハッとして口をつぐんだ。

「東京でも、やっぱり兄弟だと偽ってしまったんです。ご近所に言っていることと同じ説明です。でも忍は僕を責めなかった。そして黙ってつらい治療を受けてくれました。僕の気持ちの整理がつくのを待っていたんでしょう」

きっと忍は、近江寮でも同じ説明をされていると思ったのだろう。だが違った。そして最後にはきちんと紹介された。今日は本当にうれしかったに違いない。

「よかったわねぇ、正直になれて」

「ヨシ子さんが勇気をくれたからです。戻ったら病院の人にも本当のことを話します」

彼らはいろんな噂や偏見で傷つけられてきたに違いない。正直になるのも簡単なことじゃない。しかし人間、いつまでも自分を偽って生きてゆけるものではない。

「愛よねえ」

安江は薄汚れたギプスをさすりながら、うっとりしたような表情を浮かべた。

「いや、僕の行動は愛とは言えない。正直になれなかったのは、寮を追い出されると危惧した僕の都合です。治療を無理やり受けさせたのも、ひとりになるのが怖かったからだ」

「違うで。やっぱり愛やで」

思わず妙子は声をあげてしまった。

「私はどっちの気持ちもわかる。忍さんも池花さんの気持ちに応えたかったんや。あの人もあんたがほんまに好きやねん」

好きだからこそ相手を傷つける行動をとる。いや、好きだからこそ、自分のとった行動が相手を傷つけていると、わからなくなることがある。長く夫婦でいると、ついつい甘えてしまうからだ。

自分も秀一を好きだった。ふたりの生活を守るため、安定した仕事に就けと強引に決めてしまった。秀一の不満には薄々気づいていたくせに、自分の中で意味を持たせないようにした。

秀一も妙子を気遣い、伝えるべきことを隠して生活していた。

本当はきちんと話し合い、お互いどう思っているのか、言葉にして知り合う必要があったのに。夫婦だから言わなくてもわかるのではなく、夫婦だからこそ、話し合わねばならなかったのだ。

「ねえ？　池花さん。妙子さんはこう見えて、とーってもロマンチストなのよぉ」

安江がうれしそうに言い添えた。妙子はあえて否定はしない。

秀一と自分はまだ夫婦だ。

今こそ自分の気持ちを秀一に伝えたいと、妙子は強く思った。

「透？　どこにいるのー？」

階上から忍の声がした。安江が池花の肩を軽くたたく。

池花はうなずき、「ここにおるよ」と、滋賀の言葉で小さく応えた。

9

目が覚めた。うぐいす色のカーテンの向こうはまだ暗い。

「ここにおるよ」

また池花の言葉がよみがえった。

「ここにおるよ」

秀一がそう返事をしてくれたら……。

あのころは結婚して二十年近くが過ぎ、夫がすっかり自分のものになったと勘違いした。

秀一は絶対に自分に従う。どんなことも許してくれる。そんな風に考えていた。

秀一の話を積極的に聞いていれば、あの人は出て行くこともなかったろう。その日暮らしのような生活に堕《お》ちることもなかったろう。

自分は十年間、待っていた。

帰って来るのを待っていた。

腹立たしい気持ちが邪魔をして、こちらからアプローチはしなかった。あの人の弱さは知っていたのに、向こうが折れることを期待した。

今はしっかり食べて、温かい布団にくるまれる生活をしていてほしいと願うだけだ。

「あれこれ考えても仕方ないわよ。ダーリンを信じて、神さまに祈りましょう」

安江の言う通りだ。こうなった以上、どうすることもできない。ただできることは神に祈るだけ。

なのに、なのに、いつの間にか、秀一の消息を知る手がかりがないかと考えている。そして押しよせる後悔にひとり身もだえしてしまうのだ。

「起きよ」

二度寝はできそうもないので、ジャージに着替え、黄色いフリースを羽織った。冷え冷えとした空気の中、階段を降りる。

ヨシ子と光成の姿はない。玄関では非常口誘導灯のもと、大きなたぬきが鼻と腹を光らせてニヤついている。

おもてに出た。

田舎では夜散歩をしようなどという気はおきないが、東京では問題ない。あたりは街の灯りで暗くないからだ。電灯の数は十分だし、道路にも車が行き交っている。点滅する赤信号もほとんどなく、ちょっと歩けばすぐに見つかるコンビニは、闇の怖さとは無縁だ。

となりの公園に足を踏み入れた。

資源ゴミ回収コンテナが目に入る。あふれんばかりに缶や瓶、ペットボトルが詰めこまれている。コンテナに入りきらない空き缶の袋が脇に置かれている。そうか、今日は土曜日だ。

風にゆれるひょうたん池の水面に、外灯の白い光がうつっていた。

妙子は遊歩道を奥に進んだ。冷たい風にフリースの胸元をかき合わせる。

夕べ降った雨のあとが地面に残っている。濡れた土のにおいがする。ぬかるみに足をとられぬように注意して歩く。

「あんた、どこにいるの？」

妙子がひとりごちたときだった。

段々畑のような遊歩道の途中に、黒っぽい雨合羽を見つけた。ばさりと段差にまたがるようにかぶさっている。誰かが落としたのだろうか。

落とす？　あんな風に？

フードがふくらみ、合羽とわかるような形で？

まさか雨合羽の中には人がいる？

息を弾ませ、妙子は近よった。

男がうつぶせで倒れていた。フードを思わず指でめくる。湿った土に押しつけられた横顔は、眠っているかのように穏やかだ。

「もしもし？」

肩をついてみたが、男は全く反応しない。

「あんた！　ちょっと！　なあ！」

自分はこの人を知っている。瞼の裏に焼きついている。

携帯電話は部屋に置いてきた。急がねば。ここで死なせるわけにはいかない。

妙子は泡を食って寮に戻った。玄関脇の電話を通り越し、二階にドタドタと駆け上がる。光成の部屋のドアを激しくノックする。

「起きて！　起きて!!」と、叫んでいるつもりだが、声が出ていない。震える唇をパクパクさせる妙子は、酸欠になった金魚のようだ。

えいやっとドアノブを回した。すると簡単に扉は開いた。

オーディオ機器の赤やら青やらの小さな光が散らばる暗い空間に、甘いにおいが漂っている。枕元にアイスクリームの大きな空きカップを転がらせ、寝ていた光成がのっそりと布団から顔を出した。

「……ヨシ子さん？」

「違う！　人が死んでるねん！」

やっと出せた妙子の叫びに、光成は自らの巨体を跳ね起こした。


「死んでへんがな」

「そやったな……」

「自分で一一九番してえな。なんで僕を呼ぶ」

「心臓マッサージとか知ってると思たんやもん」

「誰が言うた、そんなこと」

「意外と頼りになるって、安江さんが」

光成の横で、妙子は丸い身体をさらに丸めた。パジャマの上にパーカーを着た大きな男は、ため息をついて壁の時計に目をやった。

台東区にある病院の救急外来だ。蛍光灯に照らされた廊下をくぼませたような一角には、長椅子が三つ設置されている。ふたりの他、待合室には誰もいない。

「なんで救急車に乗ったん？」

「お知り合いですか、て聞かれたし」

「顔見たことあるっちゅうだけのヤツやんけ」

「しゃべったこともあるで」

「救急隊が聞いたんは、どこの誰かを知っているのかていう意味や。名前は知らんわ、住まいは……ないのかもしれんけど、救急車の中で僕、めっちゃ気まずかったがな」

倒れていた男は、あのホームレスだった。

光成を連れて男のところまで駆け戻った妙子は、声をかけながら身体をゆすり続けた。光成は携帯から一一九番通報をしたあと、手首に触れて脈があるかをみたり、口の近くに耳を近づけたりしたが、期待した蘇生術はしてくれなかった。方法を知らなかったのだ。まったく頼りにならない。

間もなく救急車が到着し、ホームレスを搬送した。妙子は光成の腕を引っぱり、一緒に救急車に乗りこんだのだった。

「帰る」

光成が立ち上がる。

「ちょっと待って。もうちょっと」

「ここにいてもしゃあないやろ。警察も感謝してくれるどころか、犯人扱いするし。そもそも僕らには付き添う義務も権利もないやん」

病院に着いてしばらくすると警察官がやって来た。行き倒れと同じだと、通報されたのだろう。妙子らも事情を聞かれたが、特に労《ねぎら》われることもなかった。というより、彼になにか危害を加えたのではと、疑われかける始末だった。

救急室のドアが開いた。

「あの人、どうなんですか？　助かりますか？」

妙子は立ち上がり、姿を現した男性医師にすがるようにたずねる。

「うーん、五分五分ですね」

青いマスクで表情がほとんどわからない医師の声は冷静だった。

「なんの病気？」

「脳梗塞《のうこうそく》のようです」

「意識は戻るんですか？」

「努力してます」

「手術とかするんですか？」

首をひねった男性医師は、「ご家族ですか？」と問い返す。

「あ、いえ、違うんですけど」

とたんに医師は目を泳がせ、「急ぐので」と、奥に向かって早足で行ってしまった。個人情報を他人にもらしたとでも思ったのだろう。

「このまま入院しゃはるんかな」

妙子は、いつの間にか座っていた光成の隣に腰かけた。

「そう違《ちゃ》う？　マジで帰るで。僕十時から仕事や」

「……私も帰る。ごはん作らな」

自分もここにいる理由はない。ただ男が心配なだけだ。

病院を出ると、空は白々と明けてきていた。

通りでタクシーをひろった。

「ホームレスとしゃべるのも理解でけんけど、あんな時間に散歩するのもわからんわ」

光成は大あくびをして、いつにも増して不機嫌だ。早朝の空《す》いた道路を、タクシーはゆるゆると進んで行く。

「聞きたいことがある、ってなに？」

光成が思い出したように質問してきた。

「おっさんに、『まだ聞きたいことがあるのに』て言うとったやん」

妙子はあせった。言うにこと欠き、思わず本音を口走ったらしい。

「……別に」

「別に？」

「光成君には関係ない」

「助けてくれ言うたんは、どこのどいつや」

それもそうだ。ちょっと勝手だった。

曲がりなりにも人が倒れているのを見つけたのだ。しかもまだ生死の境をさまよっている。秀一探しの手がかりが消えてしまう不安だけでない恐ろしさで手足がふるえた。そんな中、一一九番してそばにいてもらい、心強かったのは確かだ。

「あの人の仲間にな、ちょっと話があんねん」

なのに、訳の分からない説明でごまかした。若い光成に事実を知られるのは、こっ恥ずかしい。

「年よりの考えることはようわからん」

光成はドアウインドウの方に、ぷいと顔を向けた。

タクシーを降りて、玄関の鍵を開けるまでの間、妙子は光成になにか礼をせねばと考えた。が、気の利いた言葉もアイディアも浮かばない。気持ちがまだまだ落ち着かないのだ。

寮に帰ると、光成はすぐに部屋に戻ってしまった。少しでも寝ておかないと身体が持たんと、ぶつくさ言っていた。

妙子は朝食の支度にとりかかろうとした。けれど足元がふわふわとして地につかない。

ホームレスは死んでしまうのか。もう質問することはかなわないのか。頭が混乱し、考えがまとまらない。

光成は、部屋に戻って一時間もしないうちに食堂に降りて来た。テーブルに着いて、所在なげにスマホをいじっている。平気な顔はしていたが、あいつも救急車に乗るという非日常的な出来事に気が高ぶり、眠れなかったのだろう。

「もうやってる？」

六時半ごろ、聞き覚えのある声がした。妙子が顔をあげると、食堂の入口に、四賀を慕う女の子が立っていた。

「どうしたん？」

つい大きな声が出た。光成も目をぱちくりとさせている。

「もうひとり、お客さん、いるんだけど」

ピンクのGジャンを着た女の子のうしろには、大きな荷物を背負った若い白人男性が立っていた。とがった鼻と頬は女の子の上着と似たピンク色で、栗色の巻き毛に丸眼鏡をかけた風体は、ハリウッドの青春映画に出てくる主人公のようだ。

「オハヨウゴザイマス」

訛ってはいるが、はっきりした日本語だった。

「お客さん?」

「朝ごはん、食べたいんだって」

女の子は言いながら、トコトコと食堂に入って来た。光成はスマホを片手に、頬を赤らめ身動きしない。もしかして彼女の半裸でも思い出したのか。

「安クテオイシイ朝ゴハンガ食ベラレルト聞イテ、来マシタ」

若い白人男性もニコニコと、女の子のうしろについて入ってくる。

「ここ、いつの間にそういう店になったん?」

光成は厨房に向かってたずねる。妙子は即座に首をふる。

「この人、牛丼とかコンビニに飽きたんだって。この辺、朝やってる定食屋がないんだよね」

女の子はそう説明し、厨房に近い窓際のテーブルに白人男性を案内した。巻き毛男は、もの珍しそうに食堂を見回している。

「一食三百八十円だよ」

女の子は勝手知ったるとばかりに、カウンターにお茶を入れに来た。そこで思い出す。妙子はポケットの財布から百二十円をとり出し、女の子に手渡した。

「この間のおつり」

女の子は一瞬きょとんとしたが、すぐに理解し、恥ずかしそうにポケットに小銭を納めた。

「あの人、どこの人?」

妙子は小声で質問する。

「エストニア? とか言ってた」

と聞いても、どこにある国なのかはわからない。何語を話すのかも不明だ。だが気真面目そうな外国人は、姿勢を正して座っている。

おいしい日本の朝ごはんなら、ちょっとした旅館やホテルでいくらでも食べられるだろう。しかし節約第一のバックパッカーには、高級すぎるのかもしれない。

「ひっかけたん?」

「違うよ。歩いてたら、話しかけられたの」

女の子は唇を尖《とが》らせて、やかんからふたつの湯呑にお茶を入れた。

「歩いてって、この辺を?」

「うん」

「なんで? あんたは新宿が得意なんと違うの? 四賀さんは今、泊まってないで」

「おばちゃんの朝ごはん、食べたくなって」

かわいげのある言葉にグッときた。

「薄いピンクのお漬物は？」

日野菜を気に入ってくれたこともうれしい。

ホームレスの顔が頭にちらつき、食材をいじるものの献立が浮かばなかったが、やっと自分をとり戻せそうだ。

腹が減ってはなんとやら。こういうときこそ、きちんと作ってきちんと食べなければ。そう、食べれば気持ちも落ち着いて、力がわいてくる。

「よっしゃ。まかしとき。おいしい朝ごはん作ったるわ」

妙子は気持ちを切り替えて、料理に取りかかった。

席に戻った女の子は、エストニアからの訪問者に湯呑を手渡している。箸も満足に持てない子だが、意外と気が利くではないか。

光成は外国人に話しかけられないように無視を決めこんでいる。そのくせ、ふたりをさかんに盗み見しているのは、さては女の子が気になるのかもしれない。

さて今朝の献立は、かぶと油揚げのお味噌汁に、むかご飯《めし》、銀ダラの西京焼に、柿といんげんの白和え、温泉卵、鶏もも肉とにんじん・じゃがいもの旨煮、丁字麩《ちょうじふ》の酢味噌和えと、豪華メニューにあいなった。銀ダラと鶏のもも肉は光成の好物だ。妙子はさりげなく、救急車にまで同乗させた礼をしようと考えたのだった。

「おはよう。あら？　今朝はにぎやかねぇ」

とび入り客と光成が食べ始めたころ、安江がヨシ子を伴ってやって来た。今度は女の子も安江の出現に動じない。合い鍵を返したので免罪されたと思っているのだろう。

「おはようさん。あんな、急にお客さんが来はってな。だから一食三百八十円であげ……てもかまへん？」

ヨシ子を席に着かせて厨房に近よって来た安江に、恐る恐る切り出した。

「もうしてるじゃない」安江はあきれたように笑った。

「すんません」妙子は肩をすくめる。

「おばちゃん、これなーにー？」女の子がふり向いて、ごはんに混じったむかごを指でつまんで掲げている。光成がじっとその様子を見つめている。

「むかごちゅうて、長芋の葉の付け根にできる肉芽《にくが》や。実みたいなもんやな。地面の下にできるのとは違《ちご》う、芋の赤ちゃんや」

妙子の説明にエストニアンは「イモノ赤チャン！」と、興味深そうに口に入れた。

「丁字麩も珍しいやろ？」

丁字麩は、滋賀県は近江八幡《おうみはちまん》の郷土食だ。八幡山城《はちまんやまじょう》城主であった豊臣秀次《とよとみひでつぐ》が、兵士が携帯しやすいよう麻雀牌《マージャンパイ》のごとく四角く焼くように命じたのが形のいわれだとされている。

普通の麩より香ばしい丁字麩は、ぬるま湯で戻しておかひじきと酢味噌で和えると、食べ応えのあるひと品になる。ただ外国の人にウケるかどうかは疑問だ。

「サムライランチ、ネ」

逸話が気にいったようで、エストニアンはどんどんと丁字麩を減らした。酢味噌を食べられる西洋人に妙子は感心したが、自分はビネガーを使う料理は大丈夫なのだと言われた。

「賄いさん、あんた、大丈夫なのかい？」

妙子が自分のトレイをテーブルに運ぶと、安江の横で食べていたヨシ子が声をあげた。

「なにがです？」

「これから世界の人がここに来るんだよ。世界のごはん、あんた、作ってやれんのかい？」

エストニアンを見て、各国の人々に対応できるのかとヨシ子は心配になったようだ。オリンピック村のシェフじゃあるまいし、第一、食事の提供は今日だけだ。心配ご無用である。

「外国の人の口に合うごはんは難しいよ。忍さんが食べられるごはんも作れなかったんだからね」

時間差攻撃もありなのか。妙子は思わず苦笑いする。

「おばあちゃん。忍さんはね、水も飲めなかったのに、昆布だしが飲めるようになったのよ。すごい進歩なのよ。点滴の代わりに毎日おだしを飲んでるんだから」

安江の説明に、ヨシ子はまた無表情だ。

「僕ハ、オイシイデス。オバアサン」

会話を聞いていたエストニアンが言った。ヨシ子はゆっくりとふり向き、巻き毛の彼を見つめた。

「本当にそういう時代が来たんだねえ」

向き直り、ヨシ子はしみじみとつぶやいた。

「そういう時代て？」

なんとなく察しはついたが、妙子はあえてたずねてみる。

「あたしが子供を産んだとき、産婆さんが言ったんだよ。どんな難産でも赤子をとりあげたんだよ。ひとりも死なせなかったんだから。その人が言ってたよ。日本のごはんは栄養が足りない、だから戦争に負けたってけなされたけど、大昔から日本の女は、たーんと子供を産んできたんだ。自信なくすことはないってさ。飯とおかずは最高さ。いつか世界もわかる時代がくるってね。あれ、見てごらん。あの人、お箸を器用に持っちゃってさ。信じられないねえ。本当にそういう時代が来たんだねえ」

ヨシ子の感嘆に、エストニアンはにっこりとして、「世界ハ和食ガ大好キデス」と、よどみなく肯定したのだった。

その日から、エストニア人のゲーロは近江寮に二泊した。日本語ができるのならと、安江が宿泊を承諾したからだ。

ゲーロは朝晩の食事を、「オイシイデス」と、きれいに平らげた。

「おおきに、ありがと」

妙子はついつい盛りをよくしてしまう。異国の人に自分の料理を認められ、誇らしさで頬のあたりがムズムズする。

「Good morning」

ホームレスの救急搬送さわぎから五日ほど経ち、寮の宿泊者とみんなで朝食をとっていると、またもや外国人がやって来た。今度は黒人とアラブ人風の女性ふたり連れだ。やはりバックパッカーらしく、大きな荷物を背負っている。

「××××、OK?」

彼女らは日本語を話さない。なにを言っているのか皆目見当がつかない。

安江は手をふりながら、「英語はダメなのぅ」と困り顔だ。光成は例のごとく目を合わせない。

「朝食を食べたいらしいですね」

池花が助け舟を出してくれた。さすが、英語が話せるのだ。

「××××, ×××, ×××?」

「××××. ×××. ×××, ×××……」

ふたりと会話した池花は通訳する。

「ゲーロ君がツイッターとフェイスブックに、寮のことを書いたみたいです。それを見てやって来たと、彼女たちは言っています。他にはない安くておいしい和食だ、とあったらしい。ちなみにふたりはオーストラリアから来たそうです」

「なんだかすごいことになっちゃったわねえ」

安江が感嘆の声をもらした。

「安江さん、どうしますか？　妙子さん、食事はありますか？」

池花が心配そうにたずねる。

「妙子さん、ここはひとつ、がんばってくれる？」

商機と踏んだか、旅行者ふたりに安江は急に愛想笑いを向けた。池花の通訳にも安心したのだろう。

「まかしてんか」

妙子はウキウキと立ち上がる。

この日を境に近江寮の食堂は、だんだんにぎやかになった。朝な夕なに、外国人旅行者が次々と訪れるようになったからだ。

「インターネットの力はすごいな」

世界を安く旅して楽しみたい人々の情報網の豊かさに、妙子は驚かずにはいられない。

個室のシャワーブースがないので、共同浴場になじみのない向きには敬遠されるが、宿泊予約もぽつぽつ入るようになった。

妙子は献立に郷土料理もとり入れる決心をした。せっかく「近江寮」と銘うっているのだ。江州が失敗し、嵐皮社長にばっさり切られ、水龍でもウケずで、郷土の料理を卑下していたが、こうなると話は別だ。

海外からのお客さんだ。しかも日本通が多い。実際、寿司や天ぷらなど、スタンダードな日本料理ばかりではあまりありがたがられない。少しは他とは違うところを見せねばなるまい。

今朝はビスケー湾沿いに住んでいるという、日本の女性アイドル大好き二十三歳フランス女子に焼き鯖そうめんを出してみた。

焼いた鯖を醬油味でこっくりと煮て、その煮汁でそうめんを煮含めたのが焼き鯖そうめんだ。薬味は粉山椒《こなざんしょう》。木の芽をあしらう他に具はない。うまみたっぷりだけれど、地味な料理だ。

「和風ソース、カワイイ」

意外な形容詞でほめられた。しかも彼女はそうめんに粉チーズをふりかけ食している。スパゲティと違うんやけど。一瞬眉をひそめたが、あとで試してみて驚いた。

意外に合うのである。若い人向けの味になる。そう、郷土料理にありがちな「もうひと味ほしい」欲求が満たされるのだ。マヨネーズもいいかもしれない。となると、味噌味もいいのでは。

妙子は「翌日の天ぷら」の調味談義を思い出した。味つけに固定観念を持ってはいけない。食という文化は、異文化と触れ合うことで、より発展してゆくのだから。寿司だってカリフォルニアロールになっている。郷土料理もまたしかり。

ちなみにこの料理は滋賀県の北部、長浜《ながはま》あたりの発祥だ。

昔、田植えの繁忙期に、農家に嫁いだ娘を案じた親が焼いた鯖を嫁ぎ先に届ける風習があった。「五月見舞《さつき》い」と呼ばれるそれが、農作業の合間に手早く食べられる焼き鯖そうめん誕生につながったと言われている。

料理の由来を話してやると、フランス女子はせつない顔になった（池花に英語とフランス語、日本語のちゃんぽんで説明してもらった。さすがの池花もフランス語は片言だ）。

「農作業は大変やし、娘を励ましたかったんやろな」

「娘をいじめないでねって意味のワイロよ」

フランス女子はよくわかっていた。外国人と話したことのなかった妙子は、こういう感覚は各国共通なのだと初めて知った。

国際交流も悪くない。文字通り世界が開けた気分だった。

近江牛の味噌漬けも、外国人に好評だった。

これはまだ肉食が禁じられていた江戸時代、幕府から唯一牛肉の生産を許された彦根《ひこね》藩が、将軍や御三家に献上した、歴史ある一品だ。現在でも広く食されているが、江州ではいまひとつ人気がでなかった。

調味した味噌に漬けこんでから焼く牛ロースは、中まで味が入るかわりに、繊維が締まって硬くなる。柔らかい肉を好む日本人には敬遠されてしまうのだ。しかし外国人にとって、肉は硬いのが当たり前らしい。「ランチ用にホットドッグにして」と請われ、急いでパン屋に走る羽目にもなった。

半信半疑でキャベツのせん切りと一緒にパンにはさみ、ケチャップをかけて試食すると、意外と悪くなかった（ただし自分は肉を細切りにしたが）。ケチャップの甘みが加わるので、味噌床をあまり甘くせずに肉を漬け、定番メニューに加えたのだった。

近江料理がこんなに喜ばれるなんて。

妙子は近江料理を大いに見直した。

近江料理を、秀一が父親を見返すための単なる手段としかとらえていなかった。故郷やその食文化を見下していた自分は、なんと浅はかだったことか。

どうせ聞く耳を持たないと、江州の献立を秀一に一任した。少しでもなにか変えると、近江料理じゃなくなる。近江料理でないと父親は見返せない。秀一はそう思っていたからだ。

どうすれば、郷土の料理を食べたいとみんなに思ってもらえるのか。湖国《ここく》の人間として一緒に考えればよかったのに。

近江料理に自信が持てなかった自分は、端《はな》からあきらめていた。

昆布などを商う業態から秤屋に移行したテラシマのように、時代に合わせて柔軟に変化する。私たち夫婦はそんな話し合いすら持たなかった。

夫婦は全く別の方を向いていた。江州がつぶれた責任は、妻の妙子にもあったのだ。

「食堂やってますって、もっと宣伝するわぁ」

安江は欲をみせ、食堂の主が煙草などいよいよまずいと、禁煙外来にも通い出した。

妙子もねじり鉢巻きならぬ、三角巾を巻いて腕をふるう。

だが頭の中で、「時間ですよ」と声がする。妙子の休暇はあと四日。もうすぐ滋賀に戻らねばならない。

10

「大丈夫よぉ。あたしのギプスも明日にはとれるから。妙子さん、本当にありがとう」

とうとうこの日がやってきた。明後日十一月八日に、妙子は六十歳を迎えるのである。

「妙子さん、僕は本当に感謝しています。忍の味覚が戻ったのは、あなたのおかげです」

池花は目をうるうるさせている。

「私のせいと違うで」

「いいえ、あの昆布だしのおかげで、忍は水も飲めるようになり、舌が元に戻ったのです。

もっと食べて体力がつけば、治療が再開できる。感謝してもしきれない。あなたは忍の命の恩人です」

昨日、忍の病室にお別れのあいさつをしに行ったとき、妙子は驚くべきことを耳にした。昼食に出た牛肉のすき焼風を、忍が食べられたというのだ。完食後、ふたりは抱き合って喜んだという。その場に居合わせたら目のやり場に困ったろう。いい時間に見舞ったと胸をなで下ろしながら、妙子は自分のことのようにうれしく思った。

味覚障害は治る時期にあったのかもしれない。昆布だしを口にしたのは、偶然にすぎなかったとも思う。けれど、忍の舌が回復したのを見ると、昆布だしにはすごいパワーがある気がしてくる。

「このままお別れだとは思いたくない。けれど、人生は出会いと別れでできている。Adieu adieu。どうかお元気で」

妙子のドラえもんのような手を池花は両手で握り、ぶんぶんと上下にシェイクした。

朝食時に顔を合わせた光成は、「お達者で」と、そのままバイトに出かけて行った。相変わらずの不愛想だったが、慣れというのは恐ろしい。彼に対する嫌悪感はなくなっていた。

ヨシ子は窓の外に目を向けている。また、彼女にしか見えない妖精が宙を飛んでいるようだ。「お世話になりました」の、あいさつは無視された。でもヨシ子はきっとわかっているだろう。

それよりなにより、妙子にはとても心配なことがあった。寮での食事提供を、安江がこのまま続けると言っているからだ。

「大丈夫よぉ。妙子さんの手元をずっと見てたでしょ？　あたし、すっかりお料理上手になったと思うの」

本気だから余計に青ざめる。が、安江は一向に意に介さない。祈るしかない。

「東京にまた来てちょうだいね」

また来てちょうだい。

今まで何度も聞いたけれど、こんなにうれしいと思ったのは初めてだ。

「ほんまに、あんたがいてくれへんかったら、どうなってたか……」

こみ上げる想いで、妙子は胸がつまった。

「やあねえ、妙子さん、大げさねえ。あなた、友だちがいないから、そう思うのよぉ」

肩をたたかれた。

引っかかった。

この瞬間にそのセリフはないのでは。

「……さよか」

捜索の手伝いは安江にとって、興味本位なものだったのか。慣れない土地で一緒に濃密な時間を過ごしたので、無二の親友になったと勘違いした。妙子の気持ちは一気にしぼむ。

「新幹線の時間は午後でしょう？　ちょっと早すぎない？　お土産でも買うの？」

無邪気に安江が質問する。

「ちょっと病院によって行く」

不愛想に答えた妙子に、安江は笑顔で首をかしげている。

二週間ぶりにあの病院の玄関をくぐった。受付で事情を話すと、医療相談室に案内された。

「あの日、一一九番されたのは、あなたでしたか」

応対してくれたソーシャルワーカーの米野《よねの》は、能面のように表情のない男だった。白髪の目立つ短髪から見て、自分とそう年は変わらなさそうだ。

「ちょっとお見舞いできますか？」

ホームレスの意識はまだ戻っていないらしい。

「主治医に面会の確認をとりますが、おそらく大丈夫でしょう。ただ、私が立ち会うことにはなります」

「ちょっとでも励ませたらと思いまして」

「それは彼も喜ぶでしょう」

ずんぐりとした身体を灰色のセーターとズボンで覆った米野は、デスクの端で充電中だったPHSをひょいと手にし、どこかに電話をし始めた。そして話が終わると、椅子をきしませて立ち上がった。もっと迷惑そうにされるかと思ったが、フットワークも軽く、先に部屋の外へ出て行く。

廊下を並んで歩いた。

「家族はいはったんですか?」

「警察が探しています」

エレベーターで三階までのぼった。

病室はナースステーションの目の前だった。

看護師に声をかけ、米野はずんずんと個室の中に入って行く。妙子は緊張しながら、あとに続いた。

なにやら聞き憶えのある音が部屋に響いている。

シュー、スコン。シュー、スコン……。

あれは意識のない人に使われる医療機器の音だ。

米野はなにも言わずに、ベッドの上の人間をながめた。となりの妙子も自然とホームレスの足元から彼を見おろすかたちになった。

「機械で呼吸を助けているのだそうです」

右向きに横たわったホームレスは目を閉じている。頭には白いガーゼがあてられ、ネットのようなものをかぶせられている。口にはチューブが差しこまれ、人工呼吸器につながっていた。点滴が三本ぶら下がり、布団の中に引きこまれている。肩より下は布団に覆われ、どんな姿勢をとらされているのかわからない。

公園で倒れていた彼は左側を向いていた。そのときにケガをしたのだろうか、左の頬にはすりむいた跡があった。

ベッドの頭部側には、「井吹太郎《いぶきたろう》」と書かれた名札がついていた。

「あの名前」

「名前のわからない患者は、架空の氏名でカルテを作るのです」

ここは井吹病院だ。書類の書き方の見本のような名をつけられていることに、妙子は戸惑う。

「……お金は持ってはったんですか？」

「いくらかは持っておられました」

「他になにか、持ってはらへんたんですか？」

「小物が数点、ポケットに入っていました」

「写真とか手紙は持ってはりませんでしたか？」

米野の視線が動いた。妙子は心中で舌を打つ。

「いや、あのう、そういうもんを持ってたら、手がかりになるんちゃうかと思て」

「……写真を一枚所有しておられました」

米野の言葉に固唾《かたず》をのむ。

「女性が写っていました」

どっと全身から汗が出た。

写したのは十一年前だ。比べればもちろん今は老けたが、自分は当時から肥えていて、全体の印象はおそらく変わらない。現に井吹太郎は妙子だと気づいたのだ。米野にも見破られるかもしれない。

「胸ポケットに入っていました。大切な人なんでしょうか」

米野は井吹太郎の顔をじっと見ながら、淡々と語る。

自分はなにを望んで写真のことなど言い出したのか。返してもらおうとでも思ったか。

ふと、秀一や女の子の顔が浮かんだ。

妙子は今まで路上生活者の人生など、知ろうとしたことはなかった。自分とは人種が違うとさえ思っていた。

井吹太郎はどこで生まれ、育ったのか。どうしてねぐらも持たずに生きてゆくことになったのか、知る由もない。

だがまぎれもなく、この人にも親がいた。ゆえにこの世に生を受け、こんないい年になっても、母の面影を求めていた。だから写真を大切に持っていてくれたのだ。おかげで自分は近江寮にたどり着けたし、秀一の手がかりもつかむことができたのである。

写真の返却を請うなど言語道断、礼を言わねばならない。この人の人生に思いをはせることこそ、自分のすべきことだ。

「ありがとうございました」

妙子は井吹太郎に向かって深々と頭を下げた。

もちろん相手は無言だ。ふいごのような音が聞こえるだけだ。

「おいとまします。ありがとうございました」

妙子は米野を見あげて告げた。

「……よかったら、また来てあげてください」

米野はなにか質問したそうだったが、やがてやさしくそう応えた。

久しぶりの我が家である。マンションの一階の三DKだ。建物の出入口にステンレス製の集合郵便受けが並んでいる。

「寺島秀一・妙子」の郵便受けの投入口は、投げこみチラシでさぞあふれているだろうと思ったが、とりあえずは見えない。先月はあまりポスティングに来なかったのだろうか。

暗証番号にダイヤルを合わせて横開きの扉を開けた。たまっていた郵便物は十通ほど。何枚かのチラシを捨てて、扉を閉めた。

ゴロゴロとスーツケースを引っぱり、玄関ドアの前に立つ。鍵穴に鍵を差し入れドアを開ける。

短い廊下が妙子を迎えた。うちのにおいを嗅《か》ぐと、さすがにやれやれと、肩の力が抜けた。

「よいしょっと」

スーツケースを持ち上げ、とりあえず廊下に置いた。

奥に進んで、各部屋の雨戸と窓を開け放つ。夕方の陽光に浮かんだ居間も台所も特に変わった様子はない。電話も留守電メッセージを知らせる明滅はない。

一階の特権で使える、小さな庭の雑草が伸びたほかは、出かけたときのままであることに安堵し、郵便物を確かめた。墓地販売やケア付き高級マンションなどのあて名広告に混じって普通のはがきがあった。

全身に鳥肌が立った。

秀一からだ。

高鳴る胸を抑えて、はがきの裏面を見た。

拝啓

心配をおかけしております

少し待ってください

「なんやこれ」

わざと声に出し動揺を紛らせた。

どうしてこのタイミングで届くのか。

偶然か、必然か。暑中見舞いのときと同じに、心臓が速く打った。消印は〈十一月二日東京上野〉とある。差出人の住所は書かれていない。

その場にぺたりと座りこみ、何度も文面に目を走らせた。

夕闇が迫っていた。

庭の前の道を、子供たちが騒ぎながら通り過ぎた。

垣根近くに植わったひめしゃらが、風で揺れているのがかろうじて見える。

すぐに文字が読めなくなった。部屋の灯りを点《つ》け、再びはがきを眺めまわす。懸命に頭を働かせ、ある疑いに考えが及ぶと、ようやく動悸《どうき》が治まってきた。

妙子はショルダーバッグから名刺をとり出し、電話をかけた。

「はい。嵐華家でございます」

意外にも嵐皮社長自らが電話に出た。

「社長さんですか。私、寺島妙子です」

「あら、寺島さんの奥さん」

「さっき滋賀に帰ってきたんですけど、秀一からはがきが届いてました」

あいさつもそこそこに切り出した。

「まあ。あの人、奥さんにはがきを出したんですか」

社長の声は驚き半分、納得半分といった声色だ。

「社長さん、秀一は社長さんのとこに行ったんですか？　それとも社長が連絡をしゃはったんですか？」

「……実は私が寺島さんに連絡したんです」

妙子は受話器を握りしめる。

社長は秀一の連絡先を知っていたのだ。なのに、わざとおしえてくれなかったのである。社長の話をどこか歯切れ悪く感じたのは、秀一の居所を知っていることを、隠していたからだった。

「実は、寺島さんは今、東京のある自立支援施設にいるのよ」

「じ、自立支援施設って、どういうことですか？」

報道で見聞きする、堅苦しい福祉系の単語に困惑した。

「住むところがなく、その日暮らしをしていた人が、安定した生活ができるようになるまで、手伝ってくれるところです」

「あの人はホームレスやて、言うてはったけど……」

うわずる妙子に、社長は申し訳なさそうに答えた。

「この間、奥さんに本当のことを言わなかったのは、奥さんの元に帰らずに、こっちで更生するって決めた寺島さんの気持ちを尊重したからなの」

妙子は絶句した。

「これまで一、二年に一度のペースで会ってたんだけど、寺島さん、どんどんくたびれていってね。すさんだ生活だとは感じてた。まだ若いんだから、がんばりなさいと、励ましてたんだけどね。この夏会ったとき、うちでまた働かせてほしいと言われたの。私は断ったわ。だって……ねえ？　手が震えているんだもの。アル中の人を雇うわけにはいかないじゃない」

手が震える？　秀一はそんなに大量に酒を飲んでいたのか。

「最初、本人は認めなかった。けれど、震える右手を押さえる左手も震えている。寺島さん、最後には観念して、『自分はお酒で、どうしようもなくなりそうだ』って言ったのよ」

適当な相づちなど打てなかった。妙子はただ、社長の言葉を一言一句聞き逃すまいとするのに精一杯だ。

「やはり自分は料理人だ。だからどこかの店に就職しようと思ったが、知らない店では、断られるだろう。けれど、私なら目をつぶってくれると思ったんですって。甘えてるわよね」

妙子の胸は、はり裂けそうだった。

「……あの人は、ずっとその自立の施設に入ってるんですか？」

「いいえ。それが夏に会ったときのことよ。助けてくれと言われてね。そこで私もいろいろ調べて、頼ってみたらと、そこを紹介したの」

そうだったのか。社長は本当に秀一のことを考えて、面倒を見てくれたのだ。

「施設の人が、真の更生には、本人の意志を尊重することが一番大事だと、なんでも本人に決めさせせろと言ったのよ。水龍のご主人から連絡があったとき、奥さんのことを寺島さんに聞いてみたの。そしたら、黙っててくれって。自分が連絡するからって。だから私は寺島さんの居場所を、奥さんに言えなかったの。ごめんなさいね」

秀一がはがきを出したのだから、もういいと判断したのだろう。社長はすべてを包み隠さず、おしえてくれた。

「そんなん……なんで、滋賀県に帰って来うへんかったんや。すぐにうちに連絡してくれへんかったんや」

声が震えた。

「私もそう言ったわよ。滋賀に帰ればよかったのにって。でも、帰るに帰れなかったって。こんな状態で帰ったら、なんのために家を出たのかわからないと思ったって」

電車の中で書いたかと見紛うほどの、揺れた字を思い出す。

「はがきに『待て』と書いてあったのは、立ち直るから待てという意味やったんですね。私は料理屋を開店するまでて意味かと思った」

「そういう意味もあるかもね。あの施設は二月までしかいられないの。今、寺島さんは、真面目に清掃の仕事にとり組んでます。断酒会にも通ってるって。お金が貯まって、アパートに移ったら、調理の仕事を探すって言ってたわ」

「断酒会って？」

「アルコール依存症の人が集まって、話をする会よ」

そんなものがあるとは知らなかった。

「私には会いたくないんでしょうか？」

住所が書かれていないことが気になっていた。

「そんなことはないでしょう。ちゃんとした状態で会いたいから、今は会わない。そういう意味じゃないのかしら」

今すぐ秀一を迎えに行きたいと妙子は思った。

家でゆっくり静養すればいい。そうすれば身体は絶対に治る。これは非常事態だ。悠長なことを言っている場合ではない。はがきを持つ指に力が入る。

拝啓

心配をおかけしております

少し待ってください

独特の癖のある字は硬くとがっている。震える手をなんとか押さえ、決意をもって書いたことがうかがえた。

施設の住所を聞き出したい気持ちを、妙子はぐっとこらえた。勝手に動いては、また秀一の気持ちを踏みにじることになる。あの人の意志を尊重する。自分はそう決めたではないか。

「……わかりました。どうもありがとうございました。どうぞ、どうぞ、あの人をよろしくお願いいたします」

妙子は電話に向かって、何度も頭をさげる。

「……いいえ。私もまた、様子を見に行ってみるわね」

社長は親切にも、そんな申し出をしてくれた。

「ふぇんふぇ、ふぇんふぇ！　ひょっと！」

太短い腕で、妙子は打出先生の腕をむんずとつかんだ。

「もうちょっとや。がまんしなさい」

一瞬手を引いた打出先生は、先の鋭いエキスカベーターと小型のミラーを、再び妙子の口に突っこもうとする。

「もう、もうええですわ。なんでそこばっかりするのん」

「歯石が山のようにたまっとる。歯と歯の間がちょっともみがけとらん。東京見物にかまけて、歯みがきをサボっとったやろ」

両手で口と頬を押さえる妙子に、緑色の布マスクをした打出先生は憤然として言った。

「向こうでも、ちゃんと、朝晩、みがいてましたよ」

スカスカになった歯と歯の間を舌先で確認しながら、妙子は反論した。

滋賀に戻り一か月が過ぎた。生活はすっかり元通りだ。今日は財布の一件の礼を兼ねて、打出歯科医院を受診している。

最近の妙子は気力がない。珍しく食欲も落ちている。夫があんな風になったのは自分のせいなのに、なにもできないからだ。

安江の言葉を思い出し、そうだ、お祈りだと、毎日神さまには祈っている。とりあえずそうしている。

でもでも本当に、自分にできることはないのだろうか。妙子も東京でいろいろ経験し、考えたのだ。なにかできることがあるはずだ。

しかしつかめない。焦燥感だけが募ってゆく。

「東京から戻って、すぐ診《み》せに来《こ》うへんたな。長いこと家空けてたし、用事がたまっとったんか？」

診察台からとび起きた患者に、治療することをあきらめたようで、先生は器具を金属トレイの上に置いた。

「ほ、ほんなに、長《なご》う、空へへまへんよ」

妙子は立ったままうがいをする。もちろん、打出先生には東京滞在中の詳細は話していない。

「そやけど、帰ってきたんは十一月六日の夜やないか」

「なんで知ってんの？」

「家の電気が点いたんが、その日やった」

「電気て……」

「七日の朝には、洗濯もんも干したった」

「先生、うちの家、見はってたん？」

「散歩やがな。ついでに留守に見えんように、ポストからはみ出たチラシも捨てといたったで」

だから郵便受けのチラシが少なかったのか。

この老歯科医は散歩と称し、暇さえあれば愛用の軽自家用車で地元をうろついている。市内の変化をいち早く知らねば気がすまないのだ。おそらく寺島家も毎日観察し、妙子の帰りを待ちわびていたのだろう。

「長い旅行やったな。友だちと一緒に行ったたっちゅうのは嘘やろ？　普通の人間は一か月も家空けられん。ひとりやろ？　ずっとホテルか？　ウィークリーマンションか？　向こうでまさか、友だちでもできたんやあるまいな」

瞼の奥にソバージュヘアが見えた。

「友だちんとこによせてもうてたんです。宿泊費は安うしてもうて」

「なんや、宿泊代とられとるんか。そんなん友だちとは言わんぞ」

するどい突っこみにまごついていると、バッグの中の携帯電話が鳴った。

「もしもし」

これ幸いと、妙子は電話に出る。

「……寺島さん？」

見慣れぬ番号に男の声。こいつはもしかして。

「菅原《すがわら》やけど」

「光成君か。びっくりするがな」

「妙子さん、こっちに来る予定ある？」

「どうしたん？」

「安江さんが」

「やっぱり、ひどいごはん出してはんのか？」

「そうなるのはわかってたけどよ」

口をゆがめる光成が目に浮かぶ。妙子は携帯電話を耳に当て直す。

光成の話はこうだった。

案の定、食事はひどく、いや、元にもどった。ギプスがとれた安江ははりきって、八宝菜やらアジの南蛮漬けやら、作れるわけのないものを作り、大ひんしゅくをかった。池花や光成は粛々と受け止めたが、たちまち外国人観光客は来なくなった。

結局朝食は、以前のスーパー・ローテーションに落ち着いた。光成の夕飯もコンビニ弁当に舞い戻った。

「問題はヨシ子さんや」

「ヨシ子さん？」

「もう、毎日毎日、あの賄いさんはどこへ行った、あたしが食えるメシ作れんから、ひるんで逃げたか、戦後女とストッキングは強くなったけど、逃げ出すとはストッキングの風上にもおけんとか、ワケわからんこと言うて」

「ヨシ子さん、ボケ進んだか」

「かもな。スーパーのお惣菜ではあかんようになったし、安江さんは、毎日どこかで食事をテイクアウトして来るけど、ほとんど食わん。近所の人が作ったもんでも受け付けん。だから身体が弱ってきた」

「そらあかんがな」

「安江さんが右往左往してる」

なんだかんだ言っても、姑思いの安江のこと。さぞ困っているだろう。

「しばらくこっち来てメシ作る……て、無理やわなあ」

光成がこんなことを言ってくるなんて、よっぽどだ。食堂の変化は予測できたが、生きるためになんでも食べたと言っていたヨシ子が、そんな風になるとは思わなかった。これはいよいよなのかもしれない。

「食堂に客が入ってるうちはよかったけど、赤字に戻ったら若鮎会もうるそうなってきたらしい」

「あんた、住むとこなくなると困るから、電話してきたんか？」

「違《ちゃ》うわ。安江さんは妙子さんのことばっかり言うけど、自分では電話でけんらしいから」

「安江さん、私に電話しづらいてか?」

「そっちもしてへんやろ? けんかしたんやろ? おばはん同士意地はってるから、ヨシ子さんがわり食うとる」

なんだ。安江は気づいていたのか。妙子はすっかりうれしくなる。使命感がメラメラと燃えあがった。

そうだ、これだ。これしかない。

「よっしゃ。行くわ」

鼻息も荒く、電話を切った。

「男か?」

打出先生は握った右手の太い親指をピンとたてる。光成の名前にあらぬ想像をしたらしい。

「下品なこと言わんといてください。ただの友だちです」

「ええっ! ほんまに東京に友だちが!?」

老歯科医は、垂れ下がった瞼を引き上げるように瞠目《どうもく》する。

「友だちからSOSが入ったんです」

妙子はきっぱりと言った。

「ほんまかいな。東京で友だちが？　いやいや、それなら結構結構。老境に入る矢先にできた奇特なご友人、大事にせんとあかんで。ほんで、どんなSOSや？　ボケたとか、飯がひどいとか言うとったが、いわゆる介護者による老人虐待か？」

先生は診療費請求書を手に、興味津々だ。

「また今度、ゆっくり話します」

小銭を探っていると、陶器の蛙が顔をのぞかせた。〈無事に帰る〉ためのお守りだ。自分はきっと、事故に遭わずに東京に行けるに違いない。ここではないどこかに行きたいと思ったのは、初めてのことだ。

「なんや急にニヤニヤして。そんなにぎょうさん金が入っとんのか？　それとも介護者にエエお仕置きを思いついたか？」

「いやいや、ほんまにまた今度」

妙子は慌てて万札を先生に手渡す。

「今度て、次の予約はいつにする？　明日か？　来週か？」

打出先生は札を手にしたまま、迫ってくる。

「また、また今度、電話しますー」

急いで歯科医院の玄関のドアを閉めた。追及の手を逃れようとするあまり、妙子はおつりを受けとらずに、出て来てしまった。


待ちに待った金曜の夜。

仕事を終えた妙子は、東海道新幹線で上京した。

日暮里駅に着いたのは夜の十時前だった。

こちらは雨模様だ。ずっしりと重いスーツケースの車輪が水をはね上げる。折り畳み傘は小さいので、黄色いダウンジャケットの肩は濡れ、山吹色に変わっている。

「夕やけだんだん」を注意深く下った。人影は見えない。すっかりシャッターがおりた谷中銀座のど真ん中を、気分も軽やかに、はた目にはどすどすと歩いて行く。

目的地に近づくにつれ、懐かしさがこみ上げてきた。たった三十日しかいなかった場所を恋しく思うなんて。

「――妙子さぁん」

雨音と濡れた路面を走る車のタイヤ音にまぎれて、懐かしい声がした。暗い中、不忍通りの向こう側で赤い傘をふっている人がいる。

ソバージュ頭で着ぶくれたシルエット。この時間ならまた風呂上がりかもしれない。

「安江さん!」

妙子は大きな荷物を引いて、バシャバシャと横断歩道を渡った。

「わざわざ迎えに来てくれんでもええのに」

髪の先から水を滴らせ、安江はバッチリと縁どられた目をしばたたかせた。どうやら入浴はまだらしい。

ふたりは近江寮へと急いだ。安江の赤いレインシューズがカポカポと音をたてる。妙子のスニーカーの中は、すでにぐじゅぐじゅだ。

「あっ」

はずみで足がすべり、妙子は寿司屋の前のタイルの上に、お尻をしたたか打ちつけた。スーツケースが遅れて倒れる。雨の中、調子よく歩き過ぎた。

「あ痛ー」

けっこうな衝撃だ。すぐには立ち上がれない。

安江が濡れた手をさしのべてくる。

いつかの公園みたいだ。あのときは自分が安江をつかんで、起こしてやった。

安江は妙子のお尻の泥を払っている。黒いウールのズボンの臀部《でんぶ》は瞬時に水を吸い、重くなった。

「おおきに、ありがとう」

妙子が礼を言っても、安江はやめる気配がない。そんなにも泥がついたのか。白いタイル面はきれいなものなのに。

「もうえぇで。寮に着いたら、着替えるし」

聞こえないのか、安江は手を止めない。まるで悪さをした子供のお尻をペンペンするように、傘を放り出し、両手で妙子のびしょ濡れの尻をはたいている。

「ほんまに、ほんまに、もうえぇて」

横倒しのスーツケースを気にしながら、かがみこむ安江の耳に顔をよせると、「どうして連絡してくれなかったのよぉ」と、恨み節が聞こえてきた。

「あんたこそ、電話してくれたらよかったんや」

妙子だって負けてはいられない。お尻を引っこめ、前かがみの相手の背中に回る。そして手を出し、レインコート越しにバサッとお尻をぶってやった。

「なによぉ」

安江は口ほどには抵抗せず、ぶたれたままでいる。

「だって、向こうの仕事が忙しいって、思ったんだもん」

ぱん。

「あんた、私に、友だちがいないからて、言うたやろ」

ぱん。

「友だちだからこそ、言える冗談じゃないのぉ」

ぱん。

「今まで友だちおらんかったし、わからんかったわ」

ぱん。

ひと言言うたびに、相手のお尻をひとつたたく。傘は道にころがったままだから、ふたりはドラマに出てくる役者よろしく、濡れネズミだ。

「あたし、おばあちゃんが死んじゃうって、不安だったのよぉ」

ぱん。

今度は少し弱かった。もしかして安江は泣いている？　雨に濡れた横顔からは、判別が難しいけれど。

「……ごめんな」

妙子が先に白旗を揚げた。雨で濡れたまつげに涙が重なった。それまでは聞き流せた冗談を、急に気にした自分が悪いのだ。

「……妙子さん。来てくれてありがと」

互いのお尻をペンペンし終えたふたりは、支え合うように身をよせた。

年をとってからの友情は若者のようにすんなりいかない。どこまで踏みこんでいいのか考えすぎるから。でもいったん足が入れば、こっちのものだ。あとは死ぬまでご一緒に。

冷たい雨に打たれながら、妙子と安江は目を合わせた。照れ隠しをするように、声をあげて笑い合う。雨音がおばちゃんたちの笑い声をかき消した。車が何台も通りを走る。道行く人は家路を急ぐ。雨も笑い声も衰える気配がない。

「あんな、もうひとつ、謝らなあかんことあんねん。私、ほんまは二十万も落としてへんねん」

「えー!?　そうだったのぉ？」

「財布には五万円しか入ってなかってん」

「ひっどーい。騙したのねえ」

ついでの懺悔《ざんげ》に、今度は本気で妙子はお尻をぶったたかれた。

寮の玄関では信楽焼のたぬきが待っていた。妙子は濡れた手で丸い鼻をつるりとなでた。

「ヨシ子さんは？」

「食堂で待ってるの」

「ひとりで？」

「光成君が一緒」

どんな思惑があろうと、今回の連絡はグッジョブだ。意外と頼りになるじゃないか、あの男。

準備されていたタオルで、ふたりは頭や身体をぬぐった。妙子は帽子や上着を玄関に干し、急いで部屋に上がって着替えをすませた。

暖かい食堂に入った。冷えた身体が弛緩《しかん》する。

見ればヨシ子と光成が厨房の方を向いて、並んで座っていた。

妙子は鼻から深呼吸をした。

このにおい。中学校の家庭科室のような、すえた油と食べ物のにおいだ。

初めて近江寮の食堂に入ったときを思い出す。

甘酸っぱいものが胸に押しよせた。

感慨に浸るのもつかの間、腰かけているヨシ子の目の前に妙子は進んだ。老女はさほどやせていなかったが、頬やおでこのしわが深くなったように感じた。

「こんばんは。ごぶさたしてます、ヨシ子さん」

妙子があいさつしても無言だ。どうやら待っている間に、魂がどこかへ飛んで行ったらしい。

「まただわ」と、安江はマスカラのにじんだ、玄関のたぬきと同じ目で目くばせする。

「光成君、電話ありがとうな」

大きな男は唇を結んであごだけ出した。それなりに照れているのだろう。

早速妙子は厨房で作業にとりかかる。

「わあ、おかずがいっぱーい」

スーツケースからタッパーが次々ととり出される。夕べから今朝にかけて作った料理の数々だ。

大量の料理を鍋や電子レンジで温めた。食堂にいいにおいが漂い始める。瞬時に幸せになれるごはんのにおいだ。

「池花さんは、どうしてはる？」

作業を進めながら、妙子は問うた。

「池花さんと忍さんは、滋賀に帰っちゃった」

「帰れたんか。よかったやん。また来年治療に来はんの？」

「それがねえ、もう東京には来ないんですって」

味覚障害が完治した忍は、モリモリと食べられるようになった。体力も元通り、さあ治療だと意気ごんでいると思いきや、今後は自宅で過ごすことにしたという。ふたりで話し合った結果、効果が未知数の治療で、食べる楽しみのない時間を過ごすのは、死んだも同然という結論に達したらしい。

妙子は水龍の大将の言葉を思い出した。

〈死ぬ準備に躍起になってた。焦ってたんだな。でも、まだまだ他人には任せらんねえ、板場に立たなきゃってなったとき、生きる覚悟ができたのよ。年も年だから引き際は考えなきゃいけねえ。だが、なんもしねえで待つのは死んだも同然よ〉

生きながら、死ぬことばかり考えていたおのれを、そうふり返っていた。治療によって死を考えた忍も、本末転倒な事態に、同じ心境に達したのかもしれない。

「女の子は来たか？」

「あの子一回来たけど、それっきり。やっぱり妙子さんのごはんじゃないとダメだった」

安江はペロリと舌を出した。

わずか一か月の間に、近江寮は寂しく変化したようだ。でも大丈夫。私たちにはごはんがある。

料理がトレイに並べられた。

「さあ、できました。遅なったけど、ごはんを食べましょう」

妙子の言葉には反応せず、老女はおもむろに箸をとった。特別に感慨深くもない様子に、かえってみんなは安心する。

「いただきます」

唱和はしたが、三人はヨシ子に注目だ。

ちなみに献立は、いなり寿司、エビ餃子《ギョーザ》、肉じゃが、筑前煮、松茸のお吸い物（大奮発！）、精のつく鯉《こい》の煮つけ、壬生菜《みぶな》のからし和え、かぶら蒸し、ほうれん草と桜エビ入り卵焼きである（壬生菜は特に細かく刻み、ヨシ子が飲みこみやすいように注意を払った）。

老女はごく当たり前な様子で、切りこみの入ったいなり寿司を口に入れた。そしてそのままゆっくりと咀嚼する。

やはり少しはやせたのか、口を開いたときに上あごの入れ歯が、時々カパッとはずれてしまう。けれど本人は気にする風もなく口を閉じ、もぐもぐもぐと噛んでいる。

「おばあちゃん、おいしい？」

嫁の問いかけに姑は返事をしない。そのかわりに、ごくりと食塊《しょっかい》を飲みこんだ。

今度はじゃがいもを口に入れる。そしてもぐもぐもぐ。ときどきカパッ。ごくっ。もぐもぐ。カパッ。繰り返す。

ヨシ子が食べている。あれもこれも。

安江の顔には「ああよかった」と書いてある。

妙子は胸をなでおろす。

曇りガラスを激しく叩く雨粒が見える。外は荒れているが、食堂の中は暖かい。

「おいしいわねえ」

安江がしみじみとつぶやいた。珍しく光成もうなずいた。ヨシ子は黙々と食べている。

妙子はこの上ない充実感に包まれながら、つやつや光るいなり寿司に食らいついた。


食後、椅子に座ったまま眠ってしまったヨシ子は、光成のとなりの部屋に運ばれた。雨の中、自宅まで運ぶのは困難だったからだ。

「今回はいつまで東京にいられるの?」

あと片づけをしながら、安江は妙子にたずねる。

「しばらく、いようかなと思うねん」

「あらあ、また一か月も休暇がとれたの? ほんと、いい病院ねえ」

「ううん。休暇と違う。あっちの仕事はもう辞めた」

安江はきょとんとしている。

「ここで働かしてほしいねん。ここで食堂のおばちゃんを、やらしてほしいねん」

妙子は決心したのだった。

自分が作った料理が役に立つ。人に喜ばれる。それをしない手はないじゃないか。

近江料理のおいしさを多くの人に知ってもらい、食堂を繁盛させたい。近江料理をあきらめさせた秀一への償いだ。それが自分のできることだと思いついたのだ。

「ほぉんとうー？　やったー、そうこなくっちゃあ♡」

ぶりっこおばさんは妙子に抱きついた。

「あたしもそうしてほしかったのよぉ。うれしい。うれしい。明日っから食堂開店ね」

さらに頬をすりよせられる。

「これで赤字が解消されるわぁ」

キスでもされそうな勢いだ。

「おばあちゃんのごはんに悩まなくてす〜む〜」

本音全開の安江であるが、妙子は全く腹が立たない。

だって友だちなんだもの。

安江やヨシ子の役に立てれば一石三鳥。

秀一をただ案じるだけでなく、妙子は自分のできること、やりたいことをしようと決めたのだった。

11

「いらっしゃいませー」

東京近江寮の食堂は今日も慌ただしい。白い三角巾もキリリと、妙子は厨房を動き回る。白いエプロンの下はもちろんジャージ、今日はバナナの皮色だ。

眠っていた食器はほぼフル回転となり、希望とあらば外国人客にはフォークとナイフも準備する。テーブルも八卓に倍増し、調味料やお茶の入ったポットと湯呑も、各テーブルに置いている。

今朝は十二月らしい寒さが訪れたが、午前七時から六人もの客が来てくれた。外国人もいれば、近所に住む老人や出勤前の会社員もいる。珍しくＯＬ風の女の子がやって来て、食堂の閉店時間を質問してきた。これから常連になったってや。願いながら、妙子は口頭で案内する。

「ほしたらこれ、はい、二階の朝活《あさかつ》さんに持ってって」

妙子は四人分の定食をカウンターに並べた。

「ひい、ふう、みい……」

古風に箸を勘定し、安江が大きな盆に載せて二階まで運ぶ。

食堂の女将《おかみ》になっても、安江のメイクとファッションは変わらない。それどころか、大正ロマン薫る白いエプロンと、どこで手に入れたか、フリルつきの白いカチューシャまでつけている。光成は「ババアメイド」と陰口をたたくが、年配の客には違和感はないらしい。「かわいいねえ」とおだてられ、すっかりその気になっている。

「今日の朝活は、なにやってるの？」

朝の常連、佐山《さやま》が安江にたずねる。

「座禅組んでるみたい。心穏やかな一日を送るためなんですって」

佐山は東京に単身赴任中だ。夜は必ず外で飲むため、ここでの朝食が唯一栄養バランスのとれた食事だという。

「朝っぱらから修行だなんて、若いヤツはえらいねえ」

半年ほど前から、朝活、出勤前などの早朝に、読書や趣味を通して自己啓発をはかる、いわゆる「朝の活動」をするグループを受け入れるようになった。空いた客室を使わない手はないと募集をかけたのだ。最《も》よりの地下鉄千駄木駅から大手町《おおてまち》までは十分足らずだし、上野も御茶ノ水《おちゃのみず》もすぐそこだ。通勤通学途中の立ち寄りに便利なので、近江寮のHP《ホームページ》から、応募はポツポツと入ってきた。ちなみにHPは、寮を宣伝したいと迫るおばちゃんふたりの説得に屈し、光成が作ったものである。

和室の提供が珍しいようで、すでに常連になったグループが三つある。おいしい朝食も好評だ。

「佐山さんも参加させてもらったら？」

「遠慮するよ。この年で根性入れかえるなんてごめんだね」

佐山は肩をすくめて、わかめごはんを口に放りこんだ。

ご近所に住む独居老人、久保《くぼ》がやって来た。

「おはよう、久保さん」

久保は黙って端の席に座った。どこか不機嫌ないつもの調子で、お茶をすすっている。この人は妻に先立たれ、独りになった淋しさを紛らわすため、以前は一日中酒びたりだった。

「朝から酒だなんて、小原庄助《おはらしょうすけ》じゃあるまいし、しっかりおし」

東京近江寮食堂が正式開店となったとき、ふらりと入って来た久保は、近くの席にいたヨシ子に叱責された。

「なんだー、クソババアー。俺の、なにが、わかるー」

久保は最初こそヘロヘロと応戦していたが、「人生、一寸先は闇なんだ。でもね、だからこそ生きてけるのさ。先が知れたら、誰も生きてこうなんて思わないよ」と、諭されるうちにおとなしくなった。

やがて朝だけでなく、昼も夕も来店するようになり、ヨシ子となにやら話しこむ姿が見られ始めた。人が近づくと会話をやめてしまうため、内容まではわからなかったのだが。

久保が話しかけても、ヨシ子は例のごとく完無視することが多々あった。それがかえって久保には心地よかったらしい。神父に懺悔するかのごとく、ヨシ子に向かって勝手にブツブツと言っていた。今では昼間から酒のにおいをさせることはない。

「ばあさん、成仏《じょうぶつ》したかねえ」

久保は朝定食を運んできた安江に、ぽつりと言う。

「したわよぉ。おばあちゃんのことだもの。閻魔《えんま》さまに娑婆《しゃば》での良い行いだけ申告して、ちゃんと天国へ行かせてもらったと思うわ」

久保は鼻で笑い、武骨な両手を合わせた。

妙子もヨシ子に相談したときのことを思い出す。あのときのヨシ子の言葉が、今の自分を支えてくれている。

昨年の十二月、妙子の料理で無事よみがえったヨシ子だったが、つい先月、突然逝ってしまった。毎日午前二時頃起床するのに、四時になっても起きて来ないので、心配した安江が様子を見に行くと、寝床の中で冷たくなっていたのだ。急に季節が進んだかのような寒い朝だった。

それから早一か月。もう来ないのではと思ったが、久保は変わらず食堂に足を運んで来る。ヨシ子の存在だけが食堂の魅力ではなかったことを、妙子はうれしく思っている。

近江料理も定食に組み入れることで、日本人にも受け入れられた。

なかでも粉チーズのトッピングがおすすめの、焼き鯖そうめんのミニサイズは人気のひと品だ。もっと食べたい人向けに単品でも提供している。味噌味も好評なので、さらに種類を増やそうと、現在はトマトソース味を試作中だ。

近江牛の味噌漬けドッグも、テイクアウトで提供している。丁字麩も酢味噌和えはもちろんのこと、麩を肉に見立てて卵とじ丼にしたところ、カロリーを気にする女性や、高齢者の需要にはまった。

というわけで、食堂運営は順調だ。寮の経営も黒字が続き、安江は毎日ご機嫌である。

「こんにちは」

「ごめんなさぁい。もうお昼は……あらあ、嵐皮さん」

落ち着いた女性の声に、安江が驚きの声をあげた。食堂の出入口に立っていたのは嵐皮社長だった。

正式に食堂を始めるにあたり、妙子は嵐皮社長に連絡を入れていた。彼女はオープンの日にわざわざ花環《はなわ》を出してくれたが、来店は今日が初めてである。

妙子が近江寮に引っ越したことを、秀一に知らせてほしいと頼んであった。それから一年、秀一からの音沙汰はないままだ。

「ランチは終わっちゃった？」

今日の社長は紺の絣《かすり》の着物姿だ。琥珀色《こはくいろ》の帯とのコントラストが、師走の忙《せわ》しない空気に、妙にマッチしている。

「いいえ。時間で区切っただけで、料理はたっぷりありますの。ご来店お待ちしておりました。さ、どうぞ、どうぞ、こちらに」

安江はカチューシャをぐいっと直し、厨房から出て、社長に窓側の席を勧めた。ランチタイムが終わった十四時過ぎ、他に客は誰もいない。

「ご無沙汰しております」

妙子はカウンター越しに頭を下げる。

「ではお言葉に甘えて、お昼ごはんをいただける？　今日は忙しくて、まだ食べてないの」

「はい、どうぞ」

「カキフライ定食をくださいな」

黒板に書かれたメニューを見ながら、社長はにこやかに注文した。

「はい、カキフライ定食ひとつー」

エプロンのフリルを両手で引っぱりながら、安江は朗々《ろうろう》と妙子に告げた。社長の衣装の地味さに、今日は勝ったと自負しているのかもしれない。

妙子はいつになく気合を入れて調理した。皿にも丁寧に盛りつける。普段手を抜いているわけではないが、やはり社長に提供するものは特別感がある。

壁に貼りつけてある焼き鯖そうめんや丁字麩、近江牛の味噌漬けのいわれを、社長は興味深そうに読んでいる。日本語と英語で記した説明文だ（英訳は池花に依頼した）。たくさんの人に近江料理を知ってほしいからである。

カウンターの上に載せられたトレイを、安江がうやうやしく社長の席まで運ぶ。社長は居住まいを正してそれに向かった。

「お待たせしました」

色とりどりのおかず群を、嵐皮社長は真顔で観察している。流行る料理店の経営者だけに、評価は気になるところだ。

社長はごはんをひと口食べ、次は豆腐と玉ねぎの味噌汁に手をつけた。そのままなにも言わずに、カキフライとせん切りキャベツ、丁字麩の酢味噌和え、春菊ともやしのナムル風、里芋とにんじんの含め煮、焼き鯖そうめんに赤こんにゃくと、順序よく、まんべんなく、皿の中身を減らしてゆく。箸で鯖などを切り分けるしぐさも品がいい。よく嚙み、よく味わっているだろうそのさまは、しっかりした人間を思わせるものだった。

「大変おいしゅうございました」

食べ終えた社長は、手を合わせて感想を述べた。ひと安心の妙子は、安江とともに社長のそばへ近よった。

「食べ飽きない、基本がしっかりしたお料理だわ」

「ありがとうございます」

料理店の敏腕経営者にほめられると、素直にうれしい。

社長の手招きに、妙子と安江は彼女の向かいに腰かけた。

「寺島さん。ご主人の味に似てるわね」

「え、そうですか？」

思いがけない評価だ。

「たぶん、おだしの引き方が同じなんでしょう。昆布でしょ？」

確かに味噌汁、含め煮はもちろん、焼き鯖そうめんの煮汁にも昆布だしを使っている。

「昆布のうまみは、おさまりがいいのよね、お腹《なか》に」

「おさまり、ですか」

「そう。人間はね、料理をお腹の中でも味わうんですって。うまみの受容体は胃や腸にもあるらしいの」

「ほんまですか？」

味というものは、舌だけで感じると思っていた。

「だから、本当においしいものは胃腸に心地よくて、食後充実した気分をもたらしてくれるのよ」

確かに、身体によかったなあ、おいしかったなあと思える食事をしたあとは、お腹全体がほっこりと温かくなった気がする。

「昆布だしの成分は、実は母乳にそっくりなの」

「え？　おっぱいと？」

「そう。グルタミン酸が豊富な母乳の成分と、昆布だしのうまみ成分の組成はよく似ているんですって。だから私たち日本人は、昆布だしのおいしさを、身体でおぼえているとも言えるのよ」

それで忍は「おっぱい飲んでるみたい」と言い表したのか。あのときはドン引きしたけれど、あながち嘘ではなかったらしい。「生まれ変わる」と言ったのも、乳児期の記憶が呼び起こされたからかもしれない。

「医食同源とはよく言ったもので、昆布に含まれるヨウ素は甲状腺《こうじょうせん》ホルモンを作る元になるんですって。だから日本人は不足することはほとんどないけれど、アメリカやスイス、中国などの内陸に住む人は、海藻を食べる習慣がないから、食品にヨウ素を添加しているらしいの。最近ではドライマウス、唾液が出なくて、口の中が痛くなる病気があるんだけど、その治療に昆布だしが効くこともわかってきたのよ」

妙子は安江と顔を見合わせる。さすがに江戸時代から続く昆布商の娘。昆布に詳しい。

「抗がん剤で、味覚障害にならはった人が、前にいたんですけど、昆布だしを飲んでるうちに治ってしもたんです。点滴しても、薬飲んでもあかんかったのに」

妙子は興奮気味に切り出した。

「抗がん剤の味覚障害？　ふうん。よくわからないけれど、ドライマウスもあったのかもしれないわね。昆布だしを口に含むと、粘り気のある唾液が出てくるらしいの。うまみに身体が反応するのね。それで荒れた粘膜が潤うんですって。その人も昆布だしが効いた可能性はあるわね」

「実はそうだったのねぇ。すごいわねえ、妙子さん」

「ほんまやな」

安江もキツネにつままれたような顔をしている。昆布だしの意外な効能に、感心しきりのふたりである。

「近江料理を定食に組み入れるなんてね。主張的に使わないことで、かえって存在感を持たせている。いい発想だわ」

社長は、近江料理を見直したと言わんばかりの口ぶりだった。

「ネットによると、なかなか評判がいいじゃない」

「おかげさまで、たくさんの方に来ていただいてますの」

今度は安江がはりきって答えた。

「奥さん。どうしてここで近江料理の食堂を始められたの？」

おもむろに社長が問うた。

「……近江料理をみんなに食べてほしいと思たからです」

妙子の返答に、社長はやはり、といった表情になった。

「ご主人への罪滅ぼし？」

「いいえ、そんなんやないんです。自分のやりたいことを、やってるだけなんです」

今の妙子の、嘘偽りのない気持ちだった。

確かに最初は、贖罪《しょくざい》の気持ちが勝っていた。自分の人生は、やはり秀一抜きには考えられなかったからだ。

「手前勝手な気持ちだけでは、人さまに喜ばれるお料理は作れません」

料理を商売にすることは、そんなに甘いものではないと、妙子はこの一年で身をもって知ったのだ。

「『売り手よし、買い手よし、世間よし』が近江商人のモットーですけど、売り手だけが満足してるもんは、受け入れてもらえません。江州がつぶれた原因はそこです。あの人は伝統的な近江の郷土料理にこだわったし、私は私で、近江料理みたい時代遅れや、けど秀一が機嫌ようやってるし、そんでええわと思てました。売り手ふたりともが、そんなことでは、お客さんは来てくれません」

社長は真顔で聴き入っている。

「郷土料理を喜んでもらうためには、今の人の舌に合うように工夫することも大事です。

けど、人の役に立ちたいという気持ちが一番大事やとわかりました。ここにいる安江さんも、私の料理を、みんなに食べてほしいと思てくれてる。この人が私の料理を認めてくれたから、お客さんが来てくれるんやと思います」

「だって、うちのおばあちゃんは、妙子さんのごはんで助かったんだもの」

待ってましたとばかりに、安江の合いの手が入った。

社長は納得したように、深くうなずいた。

「奥さん。この間初めてご主人がここのことを口にしましたよ」

「え？　ほんまですか」

やっぱり社長は、食事に来ただけではなかった。秀一の近況を知らせに来てくれたのだ。

「先日訪ねて来て、近江寮の食堂はどんな風だと私にたずねたの。開店のことを話したときは無反応だったんだけどね。一年経って、ようやく気持ちの整理がついたのかしら。自分で行けばって言ったんだけど、行きづらいから、代わりに見てきてほしいと頼まれたので、今日お邪魔したんです」

「身体の方は大丈夫なんでしょうか？」

妙子の一番の気がかりだった。

「大丈夫のようね。今はアパートに移って、野菜の卸しの仕事をやってるんですって。お酒も断《た》ってるし、人間関係でもトラブルはないって」

社長の言葉に、妙子は心底安心した。秀一も秀一なりに、前に進んでいるらしい。

「あなたの住所を奥さんにおしえていいかと聞いたら、OKしてくれたわ。訪ねてもかまわないそうですよ」

社長は一枚の紙片を、テーブルの上に差し出した。

妙子は紙片を大切に手でとり上げる。思いがけないことに言葉が出なかった。

秀一が自分に会う決心をしてくれた。

愛しい人の住所を手にし、妙子は手が震えるばかりだ。

「ありがとうございます」

隣の安江は祈るように両手を組み、目をうるうるさせている。

「焦っても仕方がないよ。目の前のごはんを大事にするんだ。目の前のことに集中するんだ。毎日を大切にすれば、想いのかなう日がきっとやってくる。しっかり生きていくんだ」

ヨシ子の言葉が浮かんだ。

開店当初は食堂の切り盛りで忙しく、あっという間に時間は過ぎた。しかし、本当に秀一に会えるのだろうかという不安にかられることも、しばしばだった。

そこで妙子は、思い切ってヨシ子に相談したのだ。自分はこんなことをしていていいのだろうかと。するとヨシ子は、表情ひとつ変えずに、先の言葉を授けてくれた。毎日を大切に生きる。そうすれば秀一に会える日がやってくる。信じていたことは、今、現実のものになろうとしている。

「なんで社長さんは、うちの人にようしてくれはったんですか？」

妙子は思い切って質問した。

いくら初対面で意気投合したとしても、ここまで親身になってくれるのは、ふたりが男女の関係だったからかもしれない。

ずっと疑っていたのだが、怖くて聞くに聞けなかった。けれど、今となっては過去のことだと許せる気がした。

「寺島さんに料理人として、もう一度やってほしいからね」

社長はおもむろに答えた。

「寺島さんがうちの店に入ってしばらくして、ちょっとしたトラブルがあってね」

「トラブル？」

妙子の声は曇る。

「いえ、寺島さんじゃなくて、いや、彼もその後にトラブルんだけど。……私が人に騙されたことがあってね」

社長は少し顔をしかめた。

「お金も持ち逃げされたから、すごいショックだった。人を見る目がなかった自分を人間失格だと感じたわ。店をたたもうかと思ったし、死ぬことも考えた。でも従業員もいるからできない。途方に暮れて、閉店したあとの店の隅でひとり座ってたら、突然誰かが厨房からやって来て、目の前におにぎりを置いたのよ」

「おにぎり？」

妙子は安江と顔を見合わせる。

「そう、おにぎり。寺島さん、いったん帰ったのに、戻って来て作ってくれたのね。そして、話しかけもせず、差し出したの。五つもあった。そのあと離れたところから、こちらをうかがってるの。食欲なんかまったくなかったから、余計なことをしてくれるわって、ちょっとムッとした。けれど、私が食べるまで帰りそうになかったのよ。仕方なくひとつ食べてみたの。おかかと梅干しが入ってた。……おいしかったわ。ひとつ食べたら、もうひとつ欲しくなった。なんだか身体のすみずみに浸みてくみたいだった。気がついたら、五つ全部食べちゃってたの」

妙子の顔がほころんだ。それはうちのおにぎりだ。梅干しと鰹節。うちは、おにぎりと言えば、まずそれをこしらえる。

「私は金銭トラブルのことは、絶対に従業員に話さなかった。寺島さんにあとで聞いたら、様子が変だ、死ぬんじゃないかって思ったんだって。こっちは普段通りにふる舞ってるつもりだったのに。見破られたことが悔しくてね。でも、お腹がいっぱいになったら、不思議ともう一度がんばろうって思えたの。気持ちも元気になったのよ」

男と女の関係かと疑ったが、そんな単純なものではなかった。あの人は、社長の命を救っていたのだ。

「実は寺島さんが、うちの店から移ったのは、料理人同士のトラブルが原因よ。あのときは、その人とソリが合わないだけだ、他の店に行けば大丈夫だろうと考えて紹介したけど、水龍でも同じことやったじゃない。私、あきれてしまって、いったんは見放したの」

冬枯れ模様の窓の外で、キーッ、キーッと、鳥の鳴く声がした。

「でもね。懲りもせずに、私を訪ねて来るし、料理のことを話したがるし。……憎めないのよねえ。あの人に助けられたことを考えたら、放っておけなくなった。このまま埋もれてゆくのはあまりに淋しい。寺島さんにもう一度、料理人としてやってほしいと思ったのよ」

社長は、湯呑のお茶を飲み干した。

「家出されて十年。東京に来て一年。奥さん、よく我慢したわね。長い間、なにを考えて暮らしてたの？　どうして気持ちが続いたの？」

お返しのような社長の質問に、妙子は、はたと考える。

滋賀にいた十年。

その間、たぶん自分の時計は止まっていたのだ。

亭主に逃げられた女房という嘲《あざけ》りを避けるため、殻に閉じこもった。どこへも行かずに、黙々と慣れた仕事をこなしていた。

秀一が出て行ったときが夫婦の関係を見直すチャンスだったのに、妙子は問題に向き合わなかった。

「……なんにも考えてなかったですわ」

けれど十年間は、自分にとって必要な時間だったと思う。

どこかへ行きたいと思ったことすらなかった自分が、東京でこうしているのは、はがきが届いたからだ。これが一年、いや五年ぶりだったら、探そうとはしなかったろう。

「でもごはんは食べてました。生きてくために。毎日ごはん食べててよかったですわ。あの人に素直に会いたいと思えるようになった。生きててよかったですわ」

晴れ晴れとした顔で応えた妙子に、社長はうらやましそうな目を向けた。

「そんな夫婦がいるのね……。私も一回くらい結婚しとけばよかったかしら」

「大丈夫ですわ。中高年の婚活、流行ってるんですよ。これから是非、がんばってくださいな」

安江が笑みをたたえて、社長を励ます。

「そうね。がんばってみようかしら」

社長はしみじみと言い、立ち上がった。

「ほんまにここまでしてもうて、ありがとうございました」

立ち上がり、妙子は頭を下げた。心の底から謝意がわき上がっていた。

「これに懲りずに、たまにはお立ちよりください」

安江も立ち上がり、丁寧に頭を下げた。

三人はそれぞれ別れのあいさつを口にする。妙子と安江は寮の玄関を出て、嵐皮社長の姿が見えなくなるまで見送った。

「妙子さん、いつダーリンのところに行くの？」

安江が待ちきれないといった風に、妙子にたずねた。

「私、特別招待状を出そうと思てんねん」

「特別招待状？」

「そう。ここに来てほしいねん。私のがんばってるとこを、見てもらおうと思てんねん」

来てほしい。妙子はずっとそう思っていた。しかし秀一はどうにも来づらいようだ。水を向けてやる必要がある。

「そうよね。そうよ、近江料理を外国の人も日本の人も、喜んで食べてるところを見てもらわなくっちゃね」

力強い妙子の宣言に、安江はグータッチを妙子にしかけた。

12

秀一に想いをこめた特別招待状を出してから、一週間が過ぎた。

「まーあ、誰かと思ったら」

安江の声に厨房にいた妙子がふり向くと、背の高い男性が食堂の出入口に立っていた。

「こんにちは」

池花だった。

白いシャツに黒いセーター、深緑のスラックス姿で、小さなボストンバッグを提げている。少し面《おも》やつれして見えるのは、気のせいではないだろう。

「ここんとこ、珍しい人がよく来るわねえ」

安江が懐かしそうに、つぶやいた。

先週も四賀と女の子が、それぞれ寮に姿を見せていた。

連れこみ騒ぎからずっと音沙汰がなかったのに、四賀はひょっこり宿泊予約を入れてきた。寮のにぎわいに驚いていたが、以前と変わらず歌舞伎町に出かけ、毎日夜遅くまで戻らなかった。

四賀の滞在四日目の早朝、あの女の子が姿を現した。

まだ四賀が寝ているうちだった。聞けば、四賀は女の子からの連絡を拒否しているらしい。他人の携帯を使って連絡し、ようやっと東京に来ているのがわかったのだという。

「あたしのこと、嫌いになったのかな」

女の子はぽつりと言い、朝食をもそもそと口に運んだ。

妙子と安江は、「男は星の数ほどいる」と一応は慰めたが、そんな言葉が彼女にとって意味をなさないことは、十分に承知していた。

食べ終えた女の子は、四賀を待たずに、とぼとぼと食堂から出て行った。

「また、おいでや」

食べていればなんとかなる。そう言いたくて、うしろ姿に声をかけた。女の子はふり向き、こくりとうなずいて出て行ったのだった。

「ご無沙汰しております」

池花に会うのは十三か月ぶりだ。テーブルの上の調味料を配る手を止め、安江は彼に近よった。

「ヨシ子さんのご葬儀にはうかがえず、申し訳ありませんでした」

「いいえ。いろいろとお気遣い、ありがとうございました」

「こちらこそ、滋賀に帰るときは、ヨシ子さんの爪の垢を分けていただいて、ありがとうございました」

ヨシ子が亡くなったことは、妙子が池花に一報入れた。忍の具合が思わしくないので上京できないと、彼はとても恐縮していた。

「変わりましたね、近江寮は」

池花は安江のコスチュームをじっと見て、食堂の中をぐるりと見回した。

もうすぐクリスマスなので、信楽焼のたぬきに赤いサンタの帽子をかぶらせた。食堂の壁にもキラキラ光るモールや色紙で作ったチェーンをはりめぐらせ、小ぶりながら、もみの木のツリーも飾っている。電飾なんかも巻きつけたりして、小学校の学級会さながらの飾りつけは、ザ・おばちゃんクリスマスである。

「僕が滞在していたときは、こういう趣向はありませんでしたね」

「お客さんよばないといけないし。にぎやかにしなくちゃと思って」

「去年はそんなこと考える余裕がなかったけど、これからは、な」

安江と妙子は、池花に椅子を勧めた。

「英訳してもうて、おおきに、ありがとうございました」

「みんな熱心に読んでくれてるのよぉ」

「お役に立てて光栄です。僕自身知らないことも多かったので、楽しく作業いたしました。ところで、ホームページの写真から、食堂を改装したのかと思いましたが、違ったのですね」

「写真はきれいに修正してあるから、あれを見て来たお客さんは、ちょっと引いちゃうことがあるの」

椅子に腰をおろしながら、池花は声をたてずに笑う。

「道路にも玄関にも『東京近江寮食堂　江州』と看板が出ていて、我がことのように、うれしくなってしまいました」

妙子はちょっといい緑茶の葉を、戸棚からとり出した。

三人は同じテーブルに着き、ヨシ子の遺影は本人の希望で一年ごとに撮影されていたことや、葬儀には食堂の客が何人も参列したことなどを話した。

そして、ふと訪れた静けさのあと、やっと池花が切り出した。

「忍は永い眠りにつきました。それをご報告したくてやって来たのです」

池花が急に上京した理由は、やっぱりそれだった。

「昨日が四十九日でした」

「そうでしたか……」

妙子はなんと言っていいかわからなかった。訃報は予測できたとはいえ、落胆は大きい。自分より若い人が死ぬのはつらい。

「おばあちゃん、実は忍さんのこと気に入って、つれてっちゃったのかしらねえ」

ヨシ子が死んだ四日後に、忍は亡くなっていた。安江は手を膝に置いて、目を伏せる。

「最期まで十分にしてやれましたから、悔いはありません。在宅ホスピスをやっている医者に往診してもらって、家で死ねたんです。畳の上ならぬ、リビングに置いたベッドの上でしたけれど」

白い歯を見せた池花に、女ふたりは少し安心する。

「葬儀やら仏壇の準備やらで、ずっと忙しく過ごしていました。今朝ようやくひと息つけたんです。今日の彦根は天気がよくてね。窓から朝陽を思いっきりあびることができました。そうしてひとりぼんやりしていたら、突然ヨシ子さんが頭に浮かんだのです。急になぜだ、ご葬儀にうかがえなかったことを気にしてるからかと考えました。すると思い出したんです。逃げるなと叱られたときのことを。あの朝も食堂の窓から朝陽がさんさんと射していた」

妙子は目を閉じた。

思いつめた表情の池花。食べることの意味。食べられることへの感謝。

ヨシ子に諭されたときのことがよみがえる。

「とたんにヨシ子さんのことしか考えられなくなった。どんどん頭の中を彼女が占拠した。なぜだ、どうしてだと、戸惑っていたら」

「そうよねえ。忍さんの思い出に浸りたいのに、しわくちゃばあさんが出てきちゃ困るわよねぇ」

「いや、よかったのです。出てきてくれて。つまり僕は、ヨシ子さんに叱られたときのように、また死にたくなっていたのです」

妙子は思わず口に手を当てた。池花は独りになったことを改めて自覚し、あとを追いたくなったのだ。

「忍は『百歳になったら、こっちへ来い』と言って逝きました。そやのに僕は、すぐにでもあっちへ行きたくなってしまった。このままではあかん。思いとどまるようにと、潜在意識がヨシ子さんを引き出したのでしょう。残念ながら叱ってくれる人はもういないけれど、思い出深い近江寮にうかがおう。妙子さんの料理をいただいて元気を出そう。そう思ったのです」

自分の料理をこんなときに思い出してもらえるなんて。

妙子は感無量となる。

「よかった。池花さんが生きて会いに来てくれて。ねえ、妙子さん」

安江はエプロンの裾を目に当てている。姑の遺業にも感動しているのかもしれない。妙子もテーブルの上のティッシュをつかみとり、洟《はな》をかんだ。

「いっすかー？」

そのとき、どやどやと作業服姿の男性三人が入って来た。時刻は十一時半を過ぎている。「準備中」の札を返さぬうちに、ランチを待ちきれない客が入って来たようだ。

「あ、どうぞ。いらっしゃいませ」

妙子も安江も目じりをぬぐい、慌てて立ち上がった。

その日、夜八時に食堂の営業を終えた妙子と安江は、晩餐《ばんさん》の準備にとりかかった。夜勤でなかった光成も、せっかくなので誘ってやった。

光成と池花以外の宿泊客七人はすでに食事を終え、それぞれの部屋や、一階の談話室で過ごしている。

四人で静かに卓を囲んだ。光成は忍と面識はなかったが、ヨシ子と合同の偲ぶ会だと話すと、素直に参加すると応じた。

今夜の献立は、おにぎりに鶏団子のちゃんこ風鍋、ヤリイカと里芋の煮ころがし、水菜の煮びたし、貝柱のかき揚げ、大根サラダと、もう一品。

「これは〈おちから落とし〉です」

妙子は説明しながら、池花のグラスにビールを注いだ。

「ひねぐき煮と言ったな、僕らは」

池花が杯を受けながら言う。

「名前は知らんけど、よう家で食うたわ」

光成はこんな地味な料理の名称はどうでもいいとばかりの言い草だ。ちなみに下戸《げこ》の光成の前には、ウーロン茶の入ったグラスが置かれている。

「おちから落として言わへんた？　私が子供の時分、ご不幸があったときには、みんなでこれを食べたんよ」

茄子ときゅうりの塩漬けをけだし（塩出し）して、大豆と一緒にだしと醬油、砂糖で煮たのがおちから落としだ。シンプルな精進料理で、葬儀のときに食べる風習があった。

「同じ料理に別の名前がついているなんて、おもしろいわね。でも、どうしておちから落としなんて名前なの？　普通は『おちからを落とされませんように』って言葉をかけるじゃない。わざわざ、ちからを落とせなんて、変じゃなぁい？」

池花から杯を受けながら、安江が聞いた。

「なんでやろなあ」

安江が注いでくれたビールの泡を気にしつつ、妙子は首をひねった。

おちから落とし。確かに不思議なネーミングだ。

「なにか意味があるのでしょうね。さあ、冷めないうちにいただきましょう」

四人は無言でグラスを掲げた。

そしてグラスに口をつけ、しばらく黙々と箸を動かした。

暖房の音が食堂内に低く響いている。クリスマスツリーにつけられた電飾がチカチカと光っている。窓の外は暗く、公園の垣根から白い街灯が垣間見えた。

「おだしが利いてるわね、これ。茄子にもすっごくしみて、贅沢煮みたい」

おちから落としを食べた安江がつぶやいた。

「大豆の甘みがひき立ちますね」

それを受けて池花が言った。

「今日は忍が楽しそうにしている姿ばかりが思い出されました」

やがて彼は語り始めた。

「去年、滋賀に帰る前にアメ横に行きました。初めてふたりで旅行した場所です。そこで初めて腕を組んで歩いたのです。ふたりとも妙に興奮してしまいましてね。くたくたになるまで歩き回りました。向こうに帰ってからもいろんなところへ出かけ、いろんなものを食べました。蟹を食べに行った城崎《きのさき》温泉の宿帳に、忍は僕と同じ苗字《みようじ》を書いて喜んだ。鯨《くじら》を食べに行った和歌山では、博物館の鯨の男根の大きさにはしゃがれて、困ったこともありました。出会ったばかりのころのように、僕らは思い出をたくさん作りました」

安江がうっとりとした表情を浮かべている。忍に会ったことのない光成も神妙に聴いている。忍が男だと知ったら、こいつはどんな顔をするだろうか。

「忍は最期に好物の近江牛のステーキ丼をひと口食べて、『奥さんにしてくれてありがとう』と、言いました」

そこまで話すと、池花は堰を切ったように男泣きし始めた。

妙子もずっと泣くことをがまんしていたのかもしれない。せつない嗚咽《おえつ》が食堂に響く。安江もついもらい泣きする。

三人のぐずぐずとした洟の音が、電飾の点滅とシンクロした。

しばらくののち、池花は濡れた瞳をしばたたかせながら、「おちから落としの名前の由来がわかった気がします」とつぶやいた。

「悲しいのに、がんばらなければならないと、残された者は肩にちからが入ります。葬儀をこなし、役所に届け、無味乾燥な事務手続きをしなければならないからです。だから滋味あふれる料理で、ちからを落として、きちんと悲しみなさいという意味で名づけたんじゃないかな」

実感がこもった説だった。なるほど由来はそんなところかもしれない。

「おばあちゃん、ほんと勝手よね。百歳までがんばるって言ってたくせに。こんなの食べたら、腹が立ってきちゃった」

安江は悔しそうに、柔らかいきゅうりにかぶりついた。

ヨシ子に対する安江の気持ちを初めて聞いた。彼女は葬儀でも、ついこの間の四十九日法要でもサバサバした様子だったので、割りきっているのだと妙子は思っていた。

実は、悲しむ余裕がなかっただけなのかもしれない。おちから落としで力みが抜け、素直に感じる心が戻ったなら、これはもう、ただのおかずではない。

「……う、う、うわあああん！」

むしゃむしゃとおちから落としをほおばっていた光成が、急に顔を大きくゆがめた。

「いったいどうしたのぉ？」

光成が大声をあげて泣き出したのだ。これから本格的な泣きに入る矢先だった安江は気をそがれた。池花も妙子も面食らう。

「そやかてよぉ……僕も、僕も、ヨシ子さんにお礼言うてへんのに……。急に死んでまうやなんて……」

「なんのお礼？　おばあちゃん、こっそりお小遣いでもくれたの？　光成君」

安江の質問に、光成は泣きながら事情を語り始めた。

「僕、ビデオ屋、クビになってん。ほんで仕事探したんやけど、ええとこ見つからへんねん。時給のいいとこ、あらへん。もう安いバイトで食いつなぐしかないのか、ずっとこんな生活かと思たら、不安で不安で……。正社員になりとうても、年齢で引っかかる。ハローワークの人に、なにしたいのか聞かれたけど、答えられへん。映像作家みたいとっくにあきらめてる。ほんでヨシ子さんに言うてみたら、あんたは年よりの扱いがうまいから、そういう仕事をやってみいて言われた。やりたいことがわからんときは、とりあえずできることにとり組めて言われた。年よりの世話みたい興味なかったけど、ヨシ子さんが死んでトレーニングがなくなったら、急に淋しなった。……僕、介護の仕事、探してみようと思てんねん。ヨシ子さんは、僕のことよう知ってた。ヨシ子さんのおかげで気がついたのに、ひと言も礼を言われへんかった……」

こいつもこいつで、ヨシ子への想いがあったのだ。光成に自分のことを告白させるなんて、おちから落としの威力は絶大だ。

「大丈夫よぉ。おばあちゃんはきっと、わかってるから」

「新しい世界へのチャレンジを、ヨシ子さんは喜んでますよ」

「あんたは介護の仕事に絶対向いてる。重たい人も楽々と抱えられるやろうし」

口々に激励する三人に、光成は何度もうなずいた。

すたれつつある郷土料理をアレンジし、現代人に受け入れてもらう工夫は大切だ。一方で料理は人々の生活と密接に関係している。料理の名前も文化そのものだ。妙子はあらためて、食の奥深さに感じ入った。

「がんばって生きていくんだ」

ヨシ子の声が耳に届いた。

そうだ。そうなのだ。残された人間は、亡くなった人の分まで生きてゆかねばならない。

十分に悲しんだあとは、しっかり食べて、これからの活力をつけなければいけない。

「みんな、銀シャリ食べて、元気を出すんや」

妙子は皿に並んだおにぎりを皆に勧めた。池花も安江も顔をあげる。光成もうんうんと、子供のようにうなずいている。

「そうですね。銀シャリですね」

食堂のおばちゃんに池花は同調する。

べそかき光成は、おにぎりを大きな口を開けてほおばった。

安江はグラスのビールを一気に空けて、その手でおにぎりをむんずとつかんだ。


宴もたけなわ。

夜十一時を過ぎ、三人はすっかりできあがっていた。光成はそろそろ部屋に戻りたそうだ。

「そえでねー、僕は忍の墓を建てずに、琵琶湖に遺灰をまこう！　こう思ってるんれすよー」

「ほしたら、みんな、灰かぶりやー。灰かぶり姫やなあ」

「灰かぶり姫はシンデレラ。トンデレラ、シンデレラ。忍はシンデレラになるのかあ」

「ふたりとも、おばあちゃんみたいー。ボケちゃってるぅ」

グダグダの三人を白けた目で見ていた光成が、玄関ホールに人がいることに気がついた。食堂が騒がしいと、宿泊客が何人か二階から降りてきたようだ。

光成は慌てて玄関に向かった。酔っ払いのフォローは、しらふの自分がするしかないとあきらめたのだろう。

「ソーリー、ソーリー」

手をふって謝る光成に、ひとりの白人男性が外を指してなにかを訴えた。

玄関の外に誰かが立っているようだ。宿を求めてやって来た旅人か。

光成はなかなか戻ってこない。妙子も安江も立ち上がるのが大儀なので、ここは若いのに任せてしまえと、ふんぞり返る。

「寺島妙子さん」

しばらくののち食堂に戻って来た光成は、白い封筒を手に、妙子のフルネームを口にした。

「なに?」

「……妙子さん、これ!」

封筒を横から眺めた安江の声に、妙子は思わず立ち上がった。

「迎えに来たて、変なおっさんが玄関に来てる」
いぶかしげな光成に、妙子は口パクでしか反応できない。

こんな時間に来たんかいな。普通は昼間に来るもんやろ。でも、滋賀県人やら外国人がいっぱいいるし、びっくりしてもらえるかな。変と言われるということは、よっぽど人相が変わったいったいどんな姿になったんや。変と言われるということは、よっぽど人相が変わったか。今日はまた近江料理の良さがわかったで。そうや、その前に昆布の力や。あんたにも教えてあげる。

話したいことがいっぱいあるわ。いったいなにからしゃべったらええんやろ。ヨシ子さんのことも、忍さんのことも言いたいわ。私の写真が、今どこにあるかも知ってるで。その人まだ入院してはるけど、自分で息ができるようにならはってん。

私が黄色い服ばっかり着てんのは、実は「幸福《しあわせ》の黄色いハンカチ」にあやかってんねん。しょうもないことすなて、言われそやな。

いやいや、あんたの話も聴かなあかん。この十年、いや十一年、なにを食べてたか、おしえてんか。どんな人に出会《でお》うたん？　どんなとこに住んでたん？　お互いの話を聞き合うて、夫婦を一からやり直したい。

そやから最初にこれを言わせてんか。私はこれまで、あんた以外の人を好きになったことはないんやで。

「なにふたりで顔見合わせて、変顔になってんねん。これやから酔っ払いはかなんねん」

顔を見合わせている妙子と安江の様子に、光成が舌打ちをした。

「ほほう、にらめっことはなかなかオツですね。どれ、僕も仲間に入れてもらおう」

昔懐かしいクシャおじさんのように、一瞬にして池花が顔を変形させた。

光成は大爆笑し、床に転がらんばかりになっている。

安江は池花を無視して、あわあわと妙子の背中を押している。

妙子はよろめきながら、玄関に向かう。

自分はちゃんと声が出せるだろうか。

解説

稲葉《いなば》　稔《みのる》（作家）

「東京近江寮食堂」というタイトルがよかった。

なんでもないようで、なにかあると感じさせるからだ。

「東京」と「近江」の引っかけがいいのかもしれない。近江とは当然、いまの滋賀県のことだ。江州《ごうしゅう》という異名もある。

もちろん、いいのはタイトルだけではない。作品全体に〝ふんわり〟としたあたたかみと心地よさがあるのだ。

主人公の妙子《たえこ》は、定年間際の病院の作業員。還暦《かんれき》前のオバサンである。背が低く（一五〇センチ）、体重七〇キロだから、決して容姿のいいほうではない。さらにその理由はともかく、十年前、夫に逃げられてもいる。

浮かばれない女かもしれない。そんな妙子は、定年を前に年休消化の休暇を取り、東京にやってくる。

この冒頭に妙子の歩く場所が興味を引く。谷中《やなか》・根津《ねづ》・千駄木《せんだぎ》、いわゆる「谷根千《やねせん》」といわれる下町界隈《かいわい》である。

昭和の香り漂《ただよ》う、ビルの狭間《はざま》にある湯島《ゆしま》の飲み屋街。春日《かすが》通りと並行する通称お化け横町。団子《だんご》坂に三崎《さんさき》坂、谷中銀座などなど。

物語中に出てくる経路を、この本片手に散策するのも一興かもしれない。

さらに興味を引くのが料理である。冒頭で妙子は、更科《さらしな》そばを食べるが、関西風味と関東風味の比較をし、さらっと蘊蓄《うんちく》を胸中で述べる。その時点で、この作者は食通なのかと推量するのだが、あにはからんやなかなかの「栄養士」かもしれない。

そう思わせる文章が随所に出てくる。

たとえば、こんな具合。

「鰹節だしのうまみの中心成分は、動物性食品に多く含まれるイノシン酸だ。イノシン酸は硬度の高い水でもうまみが出る。一方昆布のうまみ成分はグルタミン酸が主である」

そして、料理の描写もなかなかのものだ。

「ノドグロのねっとりした身が、わさび醤油とともに舌にまとわりつく。からりと揚げられた鬼カサゴの皮目と、紅葉《もみじ》おろし入りポン酢の奏《かな》でるハーモニーがたまらない」

文章からその料理を想像できるではありませんか。よいよい、渡辺淳子いいよ。

ところで、物語自体はどうなのだ？　心配はいらない。妙子のキャラもそうだが、他の登場人物個々のキャラもしっかり立っている。

東京に来たばかりの妙子は、いきなり財布を落とすというドジを踏む。それが、近江寮食堂を知るきっかけになる。同食堂は、滋賀県公認宿泊施設内にあり、管理責任者が鈴木《すずき》安江《やすえ》という〝ぶりっこおばさん〟だ。

この安江と妙子の関係が物語を牽引《けんいん》するが、近江寮に宿泊している人たちも個性豊かで飽きさせない。

三年も泊まりつづけているフリーターの光成《みつなり》。

滋賀から出張のたびに、一週間ほど宿泊する四賀浩彦《しがひろひこ》は、歌舞伎町《かぶきちょう》のホステスに入れあげている一方で、若い娘を寮内に引っ張り込んでもいる。そのことで騒動になるのだが、ネタバレになるので、ここまでにしておく。

そして、変人紳士の池花透《いけはなとおる》は、入院している愛人の介護をするために、病院に近い近江寮に滞在している。そして、この愛人の正体がわかったとき、取り巻きは口をあんぐり開けて驚く。

読者もきっとその展開を楽しむだろうが、これもネタバレなので、ここまで。

悔しかったら早く最初のページから読むべしである。

財布を落とし、ほとんど無一文になった妙子は、すんなり帰郷しないで、近江寮に安く泊めてもらうことになるのだが、その代償として厨房《ちゅうぼう》仕事を買って出、寮内の掃除もするようになる。

それまで寮の食堂にて供されていた料理は、まったく味気ないものだったが、妙子が料理に腕をふるうことによって、滞在者たちの評判がよくなる。

目をみはるのが、料理の献立《こんだて》である。ある朝のメニューはこうだ。

ホタテ貝柱と銀杏《ぎんなん》の茶碗蒸し・ほうれん草とじゃがいもの味噌汁・焼きシシャモ・日野菜《ひのな》の漬物。あるいは、かぶと油揚げの味噌汁・むかご飯《めし》・銀ダラの西京焼・柿といんげんの白和え・温泉卵・鶏もも肉とにんじんとじゃがいもの旨煮・丁子麩《ちょうじふ》の酢味噌和えなどと豪華であったりする。

ところで、妙子は無目的で東京に来たわけではなかった。十年前に失踪《しっそう》した夫探しという大きな目的があったのだ。それを手伝うのが、近江寮の管理人・安江だ。

そしてふとしたきっかけで、失踪した夫・秀一《しゅういち》がはたらいていた職場を突き止める。しかし、そこにはもう秀一はいなかった。

小さな手掛かりを元に秀一探しはつづけられるが、思いどおりにはいかない。果たして秀一とはどんな人間なのだろうかと気になるが、妙子はときどき回想し、その人物像が描き出される。

秀一は、じつは老舗《しにせ》の秤《はかり》屋の跡継ぎだったが、稼業がいやで料理人になった男である。しかしながら、生来、依怙地《いこじ》な部分があるのか、勤める店に長居のできない性分だ。

著者はそんな秀一を、

「いわゆる男の友情が続かない人間なのだ。同僚などとせっかく仲良くなっても、しばらくすると、なぜか自ら関係を断ってしまう」

そして、断ち方はいつも同じだったと切り捨てる。それはじつに些細《ささい》でくだらないことが原因だったからだと。

ところが物語が進んで行くと、妙子は秀一探しの間に、自分にも至らないことがあったのではないかと反省もする。それは夫の不満に気づかなかった、自分の浅はかさだったのだと。夫探しは、じつは自分探しだったのかもしれないと思わせる。

近江寮は、妙子の料理が評判になり、少しずつ宿泊客が増えていく。日本人だけでなく、エストニアやオーストラリアのバックパッカーまで来るようになる。

いつしか近江寮に溶け込む妙子だが、休暇は残りわずかになる。夫・秀一も結局は見つからない。後ろ髪を引かれる思いで故郷に帰る妙子だが、そこに「もうすぐ帰る」という夫からの葉書が届いている。

夫の帰りを待とうと思う妙子だけれど、そんなところに、近江寮から帰ってきてはたらいてくれないかという熱烈ラブコールがある。妙子は迷った末に、再び上京し、近江寮にて料理に力を注ぐことになるが、ついに夫・秀一の行方がわかる。

果たして、妙子は夫に会うことができるのか？　それはハンカチを用意してラストまで読んでいただければわかることなので、本作についてはこれにて退散。

著者の渡辺淳子は、滋賀県出身で看護師として病院に勤務している女性だ。「父と私と結婚と」で、二〇〇九年第三回小説宝石新人賞を受賞してデビューしている。

同作品は、結婚相談所を舞台にした人間の悲喜劇を描いた『もじゃもじゃ』（光文社文庫）のなかに「私を悩ますもじゃもじゃ頭」と改題して収録してある。

その後、結婚を機に生じる思いがけぬ「家族」の問題をテーマにした珠玉《しゅぎょく》の短編集『結婚家族』（光文社文庫）を発表した。

近刊に、戦後間もない頃にあった米軍キャンプ周辺（滋賀県大津《おおつ》市）の生々しい暮らしを、純粋な少年の目をとおして描いた『ＧＩプリン』（光文社）がある。

同作は、現代と戦後すぐの時代を行き来する構成で、著者にとっての新境地だ。

渡辺淳子の小説は、題材選びの巧《たく》みさ、文章のテンポのよさ、そして多次元に展開する話の転がしが秀逸《しゅういつ》だ。それゆえに、これから物語世界の広がりを見せてくれるであろう著者の活躍を大いに期待したい。

○参考資料

『聞き書　滋賀の食事』「日本の食生活全集滋賀」編集委員会・編（農山漁村文化協会）
『昆布と日本人』奥井隆（日本経済新聞出版社）
『うま味って何だろう』栗原堅三（岩波書店）
『味覚と嗜好のサイエンス』伏木亨（丸善）
『だしの秘密　みえてきた日本人の嗜好の原点』河野一世（建帛社）
『今いちばん新しい　がん治療・ケア実践ガイド』エキスパートナース、二〇〇九年六月臨時増刊号（照林社）

○単行本

二〇一五年三月　光文社刊

光文社文庫

東京《とうきよう》近江《おうみ》寮《りよう》食堂《しよくどう》

著者　渡《わた》辺《なべ》淳《じゆん》子《こ》

2017年10月20日　初版1刷発行
2019年2月25日　8刷発行

発行者　鈴木広和
印刷　新藤慶昌堂
製本　フォーネット社

発行所　株式会社　光文社
〒112-8011　東京都文京区音羽1-16-6
電話（03）5395-8149　編集部
8116　書籍販売部
8125　業務部

落丁本・乱丁本は業務部にご連絡くだされば、お取替えいたします。
ISBN978-4-334-77542-1　Printed in Japan

組版　萩原印刷

光文社文庫　好評既刊

見返り峠　井川香四郎
花の御殿　井川香四郎
彩り河　井川香四郎
ぼやき地蔵　井川香四郎
裏始末御免　井川香四郎
おっとり聖四郎事件控　井川香四郎
情けの露　井川香四郎
あやめ咲く　井川香四郎
落とし水　井川香四郎
鷹の爪　井川香四郎
天狗姫　井川香四郎
甘露の雨　井川香四郎
菜の花月　井川香四郎
ふろしき同心御用帳　井川香四郎
銀杏散る　井川香四郎
口は災いの友　井川香四郎
花供養　井川香四郎

三分の理　井川香四郎
呑舟の魚　井川香四郎
高楼の夢　井川香四郎
実録 西郷隆盛　一色次郎
幻海 The Legend of Ocean　伊東　潤
城を噛ませた男　伊東　潤
巨鯨の海　伊東　潤
鯨分限　伊東　潤
糸切れ凧　稲葉　稔
うろこ雲　稲葉　稔
恋わずらい　稲葉　稔
縁むすび　稲葉　稔
剣客船頭　稲葉　稔
天神橋心中　稲葉　稔
思川契り　稲葉　稔
妻恋河岸　稲葉　稔
深川思恋　稲葉　稔

光文社文庫　好評既刊

洲崎雪舞　稲葉 稔
決闘柳橋　稲葉 稔
本所騒乱　稲葉 稔
紅川疾走　稲葉 稔
浜町堀異変　稲葉 稔
死闘向島　稲葉 稔
どんど橋　稲葉 稔
みれん堀　稲葉 稔
別れの川　稲葉 稔
橋場之渡　稲葉 稔
油堀の女　稲葉 稔
涙の万年橋　稲葉 稔
爺子河岸　稲葉 稔
永代橋の乱　稲葉 稔
男泣き川　稲葉 稔
逢魔が山　犬飼六岐
戯作者銘々伝　井上ひさし

馬喰八十八伝　井上ひさし
おくうたま　岩井三四二
光秀曜変　岩井三四二
三成の不思議なる条々　岩井三四二
甘露梅　宇江佐真理
ひょうたん　宇江佐真理
彼岸花　宇江佐真理
夜鳴きめし屋　宇江佐真理
破斬　上田秀人
熾火　上田秀人
秋霜の撃　上田秀人
相剋の渦　上田秀人
地の業火　上田秀人
暁光の断　上田秀人
遺恨の譜　上田秀人
流転の果て　上田秀人
神君の遺品　上田秀人

光文社文庫　好評既刊

錯綜の系譜　上田秀人
女の陥穽　上田秀人
化粧の裏　上田秀人
小袖の陰　上田秀人
鏡の欠片　上田秀人
血の扇　上田秀人
茶会の乱　上田秀人
操の護り　上田秀人
柳眉の角　上田秀人
典雅の闇　上田秀人
情愛の奸　上田秀人
呪詛の文　上田秀人
覚悟の紅　上田秀人
旅発　上田秀人
検断　上田秀人
幻影の天守閣　新装版　上田秀人
夢幻の天守閣　上田秀人

鳳雛の夢（上・中・下）　上田秀人
天衝　水野勝成伝　大塚卓嗣
応仁秘譚抄　岡田秀文
半七捕物帳（全六巻）新装版　岡本綺堂
影を踏まれた女　新装版　岡本綺堂
白髪鬼　新装版　岡本綺堂
鷲　新装版　岡本綺堂
中国怪奇小説集　新装版　岡本綺堂
鎧櫃の血　新装版　岡本綺堂
江戸情話集　新装版　岡本綺堂
蜘蛛の夢　新装版　岡本綺堂
女魔術師　岡本綺堂
狐武者　岡本綺堂
西郷星　岡本綺堂
人形の影　岡本綺堂
若鷹武芸帖　岡本さとる
鎖鎌秘話　岡本さとる